KEITAI
SHOUSETSU
BUNKO
SINCE 2009

夏色の約束。
~きみと生きた日々~

逢 優

STARTS
スターツ出版株式会社

──21歳、夏
　　５年の月日がたったのに
　私の心にはまだきみがいるんだよ
　「なつ、あおちゃんのこと、
　　　ずっと好きでいるね」
　「僕もなっちゃんが大好き。
世界で一番、なっちゃんがきれいだもん」
　……忘れられない、忘れたくない
　きみがたしかに生きていたことを
　　きみがくれた限りない愛を
　きみが見せてくれたたくさんの世界を
　　どんなにときがたっても
　　私は今でもきみが大好きなの
　　　……ねぇ、あおちゃん
　あの夏の日に交わした約束を
　　私が叶えてみせるからね

contents

prologue	6

第1章　波音
21歳の夏	8
出逢い	19

第2章　恋音
仲のいい友達	32
きみがいない日	46
精一杯の告白	61

第3章　夏音
きみの見せた弱さ	84
誓い	106
こぼれる涙	131
恋花火	147
星空の下で描く未来に	160

第 4 章　愛音

涙のキス	166
動きだした最後の時間	172
ビデオレター	181
祈りつづける毎日	191
きみと出逢えた奇跡	201
さよならを、きみに	221

最終章　碧音

夏色の約束	230
最初で最後のラブレター	239
きみと生きる明日	243

書き下ろし番外編

たったひとり、きみを愛した奇跡	250

あとがき	258

prologue

きみとの出逢いは、4歳のときだったね。
この島の青い海が、
とてもよく似合うと思った。
穏(おだ)やかな波のように優しく爽(さわ)やかで、
無邪気(むじゃき)な瞳(ひとみ)の奥はいつもまぶしくて。
太陽のようなきみのあどけない笑顔が、
本当に大好きで。
"ずっと一緒だよ"
きみはたしか、私にそう言ったよね。
……でも、叶わなかったね。
毎年誕生日パーティーをする約束も。
結婚しようっていう約束も。
もう一度海に行く約束さえも。
でもね、私はひとつだけ
きみとの約束を叶えられそうだよ。
……ねぇ、あおちゃん。
きみはどんな思いで、
私との明日を願っていましたか？

第1章
波音

きみに初めて出逢ったあの日から、
きっと私は恋をしていた。
ふたりで肩(かた)を寄せあい聞いた波の音を、
私は今でも忘れてないよ。

21歳の夏

　——サァー……。

　——サササァー……。

　ひとりで海辺にたたずむ私の耳に、あの日と同じ波の音が聞こえる。

　私はゆっくり瞳を閉じると、まぶたの裏にきみを思いうかべた。

『なっちゃん』

　愛しいきみの声が、愛しいきみの笑顔が。

　私の頭の中をぐるぐると駆けめぐる。

　きみと出逢った、4歳の夏。

　きみを好きだと気づいた、13歳の秋。

　きみと初めてケンカをした、14歳の春。

　きみと初めてキスをした、15歳の冬。

　そして……私の前からきみがいなくなった、16歳の夏。

　走馬灯のようにかけめぐる思い出をたどりながら、私は心の中できみに話しかける。

　ねぇ、あおちゃん。

　きみが私の前からいなくなってから、もう5年の月日がたったんだね。

　私はもう、21歳だよ。

だいぶ大人になったでしょ？
「あおちゃん……」
　私の口から、思わず大好きな人の名前がこぼれた。
"あおちゃん"
　その響きがなんだか懐かしく思えて、目頭がじわりと熱くなる。
　……こら、泣くな。泣いたらダメ。
　あおちゃんは、私の笑顔が見たいんだから。
　下唇をキュッと噛み、必死であおちゃんの笑顔を思い出して、私は涙をグッと堪えた。
　そしてそのまま、目の前に広がる壮大な青い海を見つめる。
「あおちゃん、行ってくるね」
　太陽に照らされてキラキラと光る海に向かってにっこり微笑むと、私はきた道を戻るようにゆっくりと歩きはじめた。

「あ、菜摘先輩！」
「本当だ！　ねぇ、みんなー！　菜摘先輩がきてるよ！」
「えー？　嘘!?」
　私の母校である島波高校の門をくぐると、後輩たちが私のまわりに集まってきてくれた。
　同級生や先輩だけでなく、後輩たちもこうやって話かけてきてくれて、私を慕ってくれるの、すごくうれしいよね。
　あたりをグルッと見渡してみると、見たことがある顔ば

かり。
　それもそのはず。
　私たちが生まれ育ったこの小さな島には、小学校、中学校、高校と、それぞれ1校ずつしかない。
　保育園や幼稚園はなくて、いつも小さな子どもたちの面倒を見るのは、近所のおばちゃんやおじちゃんたち。
　私も小さな頃、お隣のおばちゃんにお絵かきやままごとをして遊んでもらった記憶が微かにある。
　この島の人たちはみんな優しくて、これまで犯罪が起きたなんて物騒なことも聞いたことがない。
　だからというわけじゃないけれど、みんなどの家庭も安心して近所のおじちゃんやおばちゃんに子どもを預けている。

　テーマパークもないし大きなショッピングモールもない。遊べる場所は海や山、小さな公園くらいしかない。
　それでも私は、優しさにあふれたこの島が大好きなんだ。
「あ、菜摘先輩！　俺、大学は九州にある強化校を受験することに決めました！」
「え、本当に？　すごいね。……九州、ってことは島を出るんだよね？」
「はい！　去年、菜摘先輩から碧(あおい)先輩の話を聞いて、思ったんです。自分のやりたいことをして、一生懸命に生きないと、って」
「……うん」

「だから、九州の大学を受験して、自分の夢を叶えることにしました！　受験までまだ１年少しあるんで、今はコツコツ勉強してます。島を出るのは寂しいですけど、自分がやりたいことができるのがすごく楽しみなんです。……って言っても、全部大学に合格してからのことですけどね、ははっ」

照れくさそうに鼻をかくこの子の夢はたしか、プロのサッカー選手になること。

去年、私にこっそり教えてくれたんだ。

高校を卒業したあともこの島に残って普通に就職して、小さなサッカー教室に通いながら大好きなサッカーを続けるか、思いきってプロサッカーの道へ進むか。

迷っているけど、プロのサッカー選手になりたいんだと、もう少ししっかり考えて、来年、菜摘先輩に答えを出しますと、そう言っていたこの男の子。

そっか、島を出て自分の夢を叶える選択をしたんだね。

「俺、絶対夢叶えるんで！　サッカーが好きな少年たちに、こんな選手になりたいと思ってもらえるような選手になりたいんです」

私の目の前で決意を語っている男の子の瞳は、これから待ちうけている"未来"への好奇心で満ちあふれていて。

男の子から視線をずらしてまわりを見れば、たくさんの子がお互いの顔を見合わせながら、自分の将来の夢について夢中で語っていた。

「なっちゃん？」

そんな子たちを見て微笑んでいると、私の耳に届いた可愛らしい声。

　声が聞こえてきたほうを振りむけば、真ん丸い目をさらに真ん丸くした、まわりよりちょっとだけ小さな女の子。
　肩下まで伸びた髪の毛が、彼女の成長を私に感じさせてくれた。
「あー！　やっぱりなっちゃんだ！」
　女の子は私を見つけると、にこにこしながらうれしそうに私のもとへと駆けよってくる。
「結衣(ゆい)ちゃん！　久しぶりだね」
「うん！　本当に久しぶりだよ！　1年ぶりだよね？　去年の今日、会って以来だもんね。なっちゃん、また大人っぽくなった？　すごく可愛い！」
「あはっ、私のことはいいの。結衣ちゃんのほうが可愛いよ」
「なっちゃんのほうが可愛い！　お化粧上手だし、結衣なんて高3にもなってお化粧したこともないんだよ？」
「結衣ちゃんはお化粧しなくても可愛いから大丈夫だよ。ってか、結衣ちゃん、私のこと"なったん"って呼ばなくなったんだね。去年までは、なったん、なったんって、いっぱい呼んでくれたのに」
「あ、なんだか懐かしい。小さい頃から"なったん呼び"に慣れてて、去年まで呼んでたよね。でもさ、結衣ももう18歳だもん。いつまでもなったんって呼べないでしょ。だからそろそろなっちゃんって呼ぼうかなって」

結衣ちゃんがあははと笑いながら、私を見て微笑む。
「それより！　なっちゃん、早く結衣の家に遊びにきてよ！　結衣、なっちゃんがきてくれるの待ってるのに」
「ごめんって。私もさ、遊びにいきたいんだけどね。島に帰ってくるのは費用もかかるし、学校もすごく忙しいんだよね」
「明日、もう島を出発して東京に行っちゃうんでしょ？」
「……ごめんね。でもやっぱり、頻繁に帰ってくるの大変なんだもん」
「むー、わかってるけど……」
「あ、でもね、今日、結衣ちゃんのお家におじゃましようと思ってたんだよ？」
「……あ、そっか。そうだね……」
　さっきまでにこにこ笑っていたのに、結衣ちゃんは急におとなしくなって、寂しそうな表情を浮かべた。

「今日は、ね」
　それだけつぶやいて、結衣ちゃんは地面に視線を落とす。
　結衣ちゃんの言いたいことが私にも伝わったから、私もつられるように寂しく微笑んだ。
「……今日も、1年生に碧お兄ちゃんの話をしにきたの？」
　顔を上げて唇を開いた結衣ちゃんの髪の毛が、島のやわらかな風に乗ってなびく。
　私は結衣ちゃんと目を合わせて、にこりと笑う。
「うん、そうだよ。あおちゃんと、約束したからね。この約束だけは、私が絶対叶えてみせる」

「⋯⋯⋯⋯お兄ちゃんは、幸せ者だね。こんなにも自分を大事に想ってくれる人がいて」
「そうだったら、いいな。私、本当にあおちゃんが大好きだもん。だから、あおちゃんが幸せだと思ってくれていたら、私もすごくうれしいよ」

　結衣ちゃんに伝わるように、ちゃんとまっすぐ結衣ちゃんの目を見て、微笑みながらそう言うと、結衣ちゃんの大きな瞳が徐々に潤んでいく。
「なっちゃん、ありがとう」

　結衣ちゃんが目を伏せた瞬間、とうとうその瞳から大きな雫が何粒も何粒もこぼれ落ちた。

　その涙が、その泣き顔が。
　あのときのあおちゃんとよく似ていて、私の胸がギューッと締めつけられる。
　結衣ちゃんの中にあおちゃんの面影を見たようなそんな錯覚がして、この子はあおちゃんではないのに、思わず手を伸ばして抱きしめたくなった。
「おーい、高岡？　高岡は、いるかー？」

　だけど、男の人が遠くから結衣ちゃんの名字を呼んだ声が聞こえて、伸ばしかけた手は元の位置へ戻る。
「⋯⋯⋯⋯あ、先生だ。今日、ごはん食べたあとに面談があるの、忘れてた」

　結衣ちゃんはそう言うと、右手の甲で涙をぬぐった。
「なっちゃん、またね」

そして、真っ赤な瞳で私に手を振った。

結衣ちゃんが一生懸命笑おうとしているのが伝わってきたから私も同じように笑顔で手を振り返す。

結衣ちゃんと話していた間に、まわりにいたあの子たちはもういなくなっていて、私は校門にかけられている大きな時計に目を移す。

——13：05。
「あ、やばい！　早く行かなきゃ」

思わず漏れたのは、焦りの言葉。

思いのほか時間がたっていて、そこで初めて自分が長いこと話しこんでいたことに気づく。

私はひとつ深呼吸をすると、思い出の校舎に足を一歩踏みいれた。

大きな窓から入りこむ日差し。歩くたびにキュッキュと小さく音をたてる体育館シューズ。

ここは、島波高校の体育館。

その体育館のステージにひとりきりで立っている私。

そしてステージから少し見下ろした視線の先には、私の後輩であるこの高校の1年生たち。
「えー、では、本日の講演会でお話をしてくださる方を紹介します。本校、島波高校の卒業生でもある、佐藤菜摘（さとう なつみ）さんです」

校長先生の紹介により、私の名前が呼ばれる。
「佐藤さんは本校を卒業した3年前から、毎年、7月16日

に命についての講演をしてくれています。では佐藤さん、よろしくお願いします」

校長先生の視線を受け、私が小さく礼をすると、大きな拍手が聞こえてきた。

………この場所に立ってこの話をするのは、今日でもう3回目。

毎年このことを話すたびに、どうしようもない孤独と悲しみに襲われる。

胸が痛くて苦しくて、あの頃を思い出すと涙が出そうになることもある。

でもやっぱり、忘れたくない。

きみとの約束を、きみが残してくれたものを。

私はこの手で守りたいの、伝えたいの。

だから私は、今年もこうしてステージに立つ。

私は目を閉じて小さく深呼吸をすると、マイクのスイッチをオンにして、そっとマイクに顔を近づける。

「……こんにちは、校長先生からご紹介いただきました、佐藤菜摘です。突然ですが、高校1年生の夏を迎えた皆さんに聞きたいことがあります。皆さんにとって"命"って、なんですか？……"生きる"って、どういうことだと思いますか？」

いきなりこんなことを聞かれても、パッと答えを出すことは難しいだろう。

この突然の問いかけに、後輩たちは去年や一昨年の子た

ちと同じように不思議そうな顔をする。

でも私は、迷わず話を続けるんだ。

すべてを話しおえたとき、この子たちが、この問いかけの意味を自分自身で見つけてくれることを信じて。

「私は4歳のときに、この島の海岸で、あるひとりの男の子と出逢いました。そしてその男の子に、恋をしました」

明るい口調で突然始まった恋の話に、みんなは驚いたような顔をする。

女子生徒は唇を結んで私を見上げて、男子生徒はちょっとだけ盛りあがる。

この反応も、去年までと同じだなあ。

私はそんな生徒たちの表情を見ながら、ゆっくりと口角をあげて微笑んだ。

「男の子の名前は、高岡碧。とても優しくて明るくて、みんなが幸せであることを願っているような、正義感に満ちあふれた人でした。今日は、その彼が私に教えてくれたことを、私が皆さんに伝えたいと思います」

そこまで言ってから、私はいったん、目を閉じる。

そして、あおちゃんに私の想いが届くよう、心の中で話しかけた。

………あおちゃん。

また、この日がきたね。

私がきみとの約束を叶える、この日が。

『なっちゃん』

きみが16年間、一生懸命生きた記録を、忘れないように、消えないように。
　私が、伝えるから。
　だから今度はあおちゃんが、私の頑張りをそばで見ていてね。
　一緒にあおちゃんとステージに立っているつもりで、私はあおちゃんの生きた証(あかし)を話すから。
　ゆっくりと目を開けると、さっきまでの表情とは打って変わったような真剣な後輩たちの表情がいくつもあって。
　私は、きみとの日々をひとつひとつたどるように、ポツリポツリと語りはじめた——。

出逢い

　きみと初めて出会ったのは、4歳のある夏の日。
　なつはお母さんに連れてきてもらった近所の海辺で、ひとりきりで遊んでた。
　すくいあげた手のひらからこぼれ落ちるくらいにさらさらな真っ白の砂から顔を上げて、目の前の光景を見れば、いつかテレビで見た沖縄の海にだって負けてないくらいにきれいな海が輝いていて。
　どこまでも続くこの島の壮大な海は、真っ青なコバルトブルーで、海のそばへ駆けよってみると、色鮮やかな貝殻が透けて見える。
「菜摘ー！」
　ひとりで透明な海水とたわむれながらはしゃいでいると、なつの耳に聞こえたお母さんの声。
　どこだろう？

　なつは小さな瞳を一生懸命に動かして、大好きなお母さんの姿を探す。
「菜摘、こっちよ?」
　しばらくキョロキョロしていると、また聞こえてきたお母さんの声。
　今度はよく耳を澄ましていたから、ちゃんと聞こえた。
　振り返って声の聞こえたほうを見れば、少し離れた場所

からなつに向かって手を振っている笑顔のお母さんの姿。
　……でも、あれ？　お母さんの隣に人影が見えるから、お母さんのほかにまだ誰かいるのかな？
　遠くからじゃよくわからないから、お母さんの所へ行ってみよう。
　なつは握っていた砂をパラパラとはたき落とすと、お母さんのもとへ全力で走りだす。
「おかあさーん!!」
「菜摘！　あなた転ぶわよ！」
「……えー？　……う、わっ……！」
　どんどんお母さんとの距離が近くなって、お母さんのもとまであと少しだ、そう思った瞬間。
　サンダルを履いていたなつの足はやわらかな砂浜にきっちりと捕らわれて、足もとを崩したなつは顔から砂浜に突っこんだ。
「う……っ、いったぁ……」
　転ぶ直前に唇をキュッと結んだから、口の中に砂が入ることはなかったものの、自分の顔に白い砂がたくさんついた感覚はあって、なんだか気持ち悪い。
　でもそれより、顔中が焼けるように痛い。
　転んだときに起きた砂との摩擦なのか、もともと日光を浴びていた砂が熱かったからなのか、よくわからないけど。
　とにかく痛くて痛くてどうしようもなくて、体を起こしてその場にペタンと座りこむと、なつは大きな声で泣きはじめた。

「ほら、もう。砂浜の上で走ったりしたら転ぶわよって、お母さん言ったじゃない」

心配そうな顔でこっちに向かって歩いてくるお母さんの声が、なつの耳に響く。

だけど、なつが泣きはじめてからすぐ、お母さんがなつのもとへたどりつくより先に、頭の上に何かがのせられた感触。

……なに？

驚いて勢いよくバッと顔をあげると、そこには見たことのない、初めて会う男の子。

年は、たぶん、なつと同じくらいかな？

男の子は、なつを見てにこっと笑うと、

「いたいのいたいの、とんでいけー！」

って、浜辺じゅうに響くような大きな声でそう言った。

「へ……」

なつはびっくりしてその場に固まる。

あ、でも、本当に痛いの飛んでいっちゃったかも……。

気づけば突然現れた男の子に意識がいってしまい、さっきまで痛かったのが嘘のように、顔の痛みはほとんど消えてなくなっていた。

「もう、いたくなくなった？」

なつの横にしゃがんで顔をのぞきこんでくる、心配そうな顔をした男の子。

男の子の顔を見ながらコクンとうなずくと、

「よかったあ！」

目の前の男の子はそう言ってから、本当にうれしそうに目尻を下げて笑った。
　……あ、可愛い。
　なんだかその笑顔が可愛くて、なつも少しだけクスッと笑う。
　お母さんのほうをちらっと見れば、男の子のお母さんらしき人とふたりでなつたちを見ながらやんわり微笑んでいた。
　なつも、"もう痛くないよ、大丈夫だよ"って気持ちをこめて、お母さんたちに向かってにこっと笑う。
　すると、肩を優しくトントンと叩かれた。
「ねぇ、なまえは？」
「なつのなまえ？」
「きみ、"なつ"っていうの？」
　そう聞かれて、なつは無言で首を振る。
　だって、違うもん。
　なつの名前は、"なつ"じゃないもん。
「"さとうなつみ"だよ！」
　なつが誇らしげに自分の名前を言うと、男の子は、あはっと笑ってから、
「じゃあ、"なっちゃん"だね」
　って、なつに無邪気な笑顔を向けた。
「……っ」
　男の子の無邪気な笑顔を目にしたその瞬間、自分でもよくわからないけど、胸の奥がギュッと苦しくなったような

気がした。
　……あ、それより、この男の子の名前はなんていうんだろう?
　なつは自分の名前を教えたけど、男の子の名前はまだ聞いてないよね。
「なっちゃん」
「ん?」
「あのね」
　なつが名前を聞きたいなって思ったのが男の子にも伝わったのか、今度は男の子がなつに言う。
「ぼくのなまえは、あおい。"たかおかあおい"だよ」
　って。
　あおい……、たかおかあおい。
　何度か自分の中で男の子の名前を繰り返してみる。
　……うん、この男の子によく似合う、すごくきれいな名前だと思った。
「………あお、ちゃん」
　自然と自分の口から"あおちゃん"って出てきたことに、自分自身がびっくりする。
「ぼく、"あおちゃん"?」
「うん、あおちゃん!」
「なんか、おんなのこみたいじゃない?」
　あおちゃんはそう言って、少しだけ困ったような顔をする。
　ハの字に下がった眉が、なんだかすごく可愛らしい。

なつはそんなあおちゃんに向かって、にっこりと笑ってみせた。
「なつがいいっていうんだから、いいの！」
「……え、そうなの？」
「うん、そうなの」
「……っ、でも」
「なつは、"あおちゃん"がいい」
　まだなにか言いたげなあおちゃんの言葉をさえぎるように、なつは言葉をかぶせる。
　このときね、どうしてもあおちゃんのことを"あおちゃん"って呼びたいなって思ったんだ。
　それはたぶん、ふんわりと優しい雰囲気をもつきみには、"あおちゃん"という呼び名がぴったりだと、幼かったなつが感じたから。
「ぼく、あおちゃんかあ……」
「なつがあおちゃんってよびたいのに」
　まだ不満げなあおちゃんに、なつは何度も説得を繰り返す。
　そしたらあおちゃんは、
「……じゃあ、それでいいや！　なっちゃんがいいっていうんだもん！」
　って、さっきまで困ったような顔をしていたのに、今度はなつに優しい笑顔を向けてくれた。
　なつの胸がまたトクンと鳴って、少しだけ苦しくなる。
　あおちゃんってキラキラしててすごいな。

なつはあおちゃんの笑顔を見て、そう思った。
「よし、なっちゃん、いこう！」
　太陽のようなまぶしい笑顔に見とれていると、急にあおちゃんがなつに向かってそう叫ぶ。
　……え？
　その弾けるような笑顔に、なつは目を丸くした。
　行くって、どこに行くの？
　そう聞きたかったのに、聞けなかった。
　……だって。
「……っ」
　あおちゃんの小さな手のひらが、なつの小さな手のひらを包むように、ギュッと握ったから。
「なっちゃん、うみにいこ！」
　つながった手のひらが、恥ずかしさや緊張ですごく熱い。
「ほーら、はやく」
　恥ずかしくてそれどころじゃないのに、あおちゃんはなつの手を引いてどんどん先に行く。
「わぁ、きれい……」
　海面のすぐそばまできたとき、目の前に広がるコバルトブルー色の海に、あおちゃんは感動していた。
　なつも隣に並んで、慣れ親しんだこのきれいな景色をぼんやりと眺める。
　手をつないだまま、ふたりで海を見はじめて５分。
「ぼくね……」
　なつの隣に立ってずっと海を眺めていたあおちゃんが、

消えいりそうなくらい小さな声でつぶやいた。
「ん？　なあに？」
「ぼくね、びょうきなんだ……」
「……え？」
　思いもしなかった突然のカミングアウトに、なつの頭が真っ白になっていく。
　………病気、って。
「"心臓病"っていう、しんぞうがうまくうごかないびょうきなんだって」
　………しんぞうびょう？
　なにそれ。
　まだ４歳だったなつは、そんな難しい言葉も病気も知らない。
　だから、その病気がどんなものなのか、あおちゃんの体にどんなことが起こるのか、まったくわからなかった。
　そんななつに、あおちゃんはひとつひとつ教えてくれた。
　病気だから、あおちゃんは、お母さんの勧めで空気のきれいなこの島に引っ越してきたこと。
　みんなのように鬼ごっこをしたり、朝から日がくれるまで遊んだり、みんなと同じようなことができないこと。
"発作"が起こると、突然息が苦しくなって涙がでてくること。
　……今まで何度も、入院したこと。
　手術をしたこと。
「ぼく、すごいびょうきでしょ」

そう言うあおちゃんの瞳が、少しだけ悲しげに揺れた。
　あおちゃんは穏やかに笑っているのに、心の中では泣いてるような、そんな気がした。
「……っ、でも、なおるんでしょ？　あおちゃんのびょうき、なおるんでしょ……？」
　なんだか怖くなったなつは、あおちゃんに問いかける。
　でも、あおちゃんはなつを見て微笑むだけで、なんにも言ってくれなくて。
　まるで"僕は治らないんだよ"と言われているみたいで怖くなって、あおちゃんから視線をそらして砂浜をじっと見つめる。
　少しだけ心を落ちつけてから、あおちゃんとつないでいた手のひらにギューッと力を込めると、"なにか言ってよ"と心の中でメッセージを送る。
「……なっちゃん」
　なつの隣にいるあおちゃんは、少しだけ瞳を潤ませながら、なつのことをじっと見ている。
「ぼく、ぜったいなおすから。びょうきにかって、いきるから」
　なつに向かって、にこっと笑って。そう言うあおちゃんは、とっても優しかった。
「……うん」
「だからさ、なっちゃん。もしぼくがびょうきをなおしたら、ずっといっしょにいてくれる？」
「………うん、いるよ。なつ、あおちゃんとずっといっしょ

にいる」

　ずっと一緒にいてくれる？と、あまりにも突然なあおちゃんの告白。

　まだ幼かったなつは、"ずっと一緒"という言葉がどんなに大きくて特別な意味をもつのかも知らずに、ただ必死でうなずいていた。
「ほんとう!?」

　あおちゃんの瞳が、海に反射する太陽のようにキラキラと輝く。

　あおちゃんのことをもっと笑顔にしてあげたくて、なつは恥ずかしげもなく今の自分の素直な気持ちを口にした。
「なつ、あおちゃんのこと、だいすきだもん」
「……え？」
「あおちゃん、なつにやさしいでしょ？　だからね、なつ、あおちゃんといたらしあわせになれるとおもうんだ！」
「ははっ、……なっちゃんこそ、ぼくにすごくやさしいよね。ぼくもなっちゃんといたら、しあわせになれそうなきがするよ」

　ほらね、なつが思ったとおり、あおちゃんは顔をほころばせて笑う。
「なつ、あおちゃんのこと、ずっとすきでいるね」

　なつがあおちゃんを見て微笑みながらそう言うと、今度はなぜか顔をりんごみたいに真っ赤にして、
「ぼくもなっちゃんがだいすき。せかいでいちばん、なっちゃんがきれいだもん」

なんて、照れくさそうにしながらなつに向かってそんなことを言ってきた。
あおちゃんの"大好き"がとてもうれしくて、なつはつないでいる手をぶんぶんと振りまわす。
「ねぇ、あおちゃん。なつたちずっといっしょ？」
「うん。ずっといっしょだよ！」
「ずっと、ずーっと？」
「ははっ、そう。ずーっと！」
横を見れば、なつから目をそらして、真っ青な海を眺めているあおちゃん。
口もとを微かに緩めて微笑んでいるその横顔を見て、この島の青い海がとてもよく似合うなって、そう思った。

——この日が、私とあおちゃんのすべての始まりの日。
私たちはこの約束どおり、どんなときもずっと一緒にいたよね。
私ね、今でもたまに思うんだ。
もしも、あのときにきみと出逢わなかったら、こんなにも泣くことはなかったのかな。
この胸が張りさけそうなくらい、つらくて苦しい思いもしなくてよかったのかなって。
今でも、考えることがあるの。
……でもね、あおちゃん。
どんなに"出逢わなければよかったのかな"って考えても、結局最後は、思うんだ。

きみと出逢えて、一世一代の恋ができて、本当によかったって。
　私は、この世界に生きている誰よりも幸せだったんだって。
"ずっと一緒だよ"
　叶うことのなかったこの約束だって、無意味じゃなかったと、そう思える。
「ねぇ、なっちゃん。きこえる？」
「なにが？」
「なみのおと。このなみのおとをきいてるとね、いきてるなって、おもわない？」
　あおちゃんのその言葉に、なつはそっと目を閉じる。
　ああ、本当だね。
　……優しい、音がする。
　なつたちは、生きてるんだね。
　心を安らげてくれるような優しい波音は、なつとあおちゃんを大きく包みこむ。
　あおちゃんと手をつなぎ、寄りそって聞いた波の音を、いつまでも忘れないようにしたいと思った。

第2章
恋音

いつからだろうね。
きみの"好き"が苦しくなったのは。
私が友情だと思っていたこの想いは、
いつの間にか"恋"になってたんだ。

仲のいい友達

　島の海辺でのあの出逢いの日から約9年の月日がたち、私とあおちゃんは中学1年生、13歳の秋を迎えていた。
「菜摘ー！　あなたさっきからぜんぜん下りてこないけど、なにしてるの？　もう碧くん、玄関にきてるわよー！」
「え、嘘!?　あおちゃん、いつもよりくるの早くない？」
「なに言ってるの、もう家を出発する時間でしょ！」
　1階からお母さんの大きな声がして、もうそんな時間なの？と思いながら私は慌てて時計を見る。
　……えっ!?　嘘でしょ！
　時計の針は、私の予想とはぜんぜん違う、7時50分を指していた。
　まだ7時30分くらいだと思ってたのに……。
「あー！　本当だ！　お母さん、もうちょっと早く教えてよ！」
「お母さんは、だいぶ前からあなたに声かけてたわよ？　ほら、これ以上、碧くんを待たせないの。早くしなさいよー」
　お母さんがまだ大きな声でぶつぶつ言ってるけど、そんなのもう耳に入らないし気にしていられない。
　お母さんごめんね。
「えーっと……」
　数学のノートに教科書でしょ。
　それから課題の作文に、漢字ノート。

……あ、いけない、筆箱忘れてた。

私って、こんなに素早く動けるんだ。

時間割を確認しながら、自分でもびっくりするくらいの速さでスクールバッグに教科書やノートをつめる。

——コツン。

昨日の夜、準備を終わらせてから眠ればよかった……と後悔しながらひとりで格闘していると、窓になにかがあたる音がした。

「……なんだろう？」

カーテンの裾を両手でつかみ、シャーッと勢いよく開ける。

「う、わっ……」

カーテンを開けた瞬間に、窓から差しこむ大量の太陽の光。

日光が目を直撃し、「まぶし……」と口にしながら思わず目を瞑った。

「おーい、なっちゃん！」

しばらくの間、目を閉じていたら、窓の下から私の名前を呼ぶ声がする。

あ、この声は……。

「あおちゃん！」

私は窓をガラガラっと開けると、下にいるあおちゃんに向かってぶんぶんと手を振った。

あおちゃんはそんな私を見上げてにこっと笑うと、

「まだ準備してるの?」
　って私に向かって叫ぶ。
「もうできたよ!　あとはバッグ持って下りるだけ」
「じゃあ早く下りてきなよ、遅刻しちゃうよ?」
「え、遅刻はイヤだよ!」
「だよね、先生すごく怖いもんね。よし、なっちゃん急いで!」
　そう言いながら、あおちゃんは"早く早く"と私を急かす仕草をした。
　よし、急がなきゃ。
　あおちゃんをこれ以上待たせるわけにはいかないし、遅刻なんて絶対イヤだからね。
「すぐに下りるから、待ってて!」
　あおちゃんにそう言いのこし、急いで窓を閉めると、私は紺色のスクールバッグを右肩にかけて部屋を飛びでる。
「お父さん、お母さん、行ってきまーす!」
　まだリビングで新聞を読みながらコーヒーを飲んでいるお父さんと、キッチンで洗い物をしているお母さんに元気よくあいさつをして、私はダッシュで玄関に向かった。
　そして、白地にピンクのラインが入ったお気に入りのスニーカーを履いてから、扉を開けると、そこには……。
「……っ」
　すっかり少年らしくなった、あおちゃんの姿。
「なっちゃん、おはよう」
　背は私より少しだけ高くて、ぴょんと跳ねた寝ぐせつき

の髪の毛は、島の風に揺られてふわふわしている。

　この島に引っ越してきたときは雪のように真っ白だった肌も、今は日に焼けて薄い焦げ茶色になっていて。
　最近、ものすごく大人っぽくなったあおちゃん。
　……でも、私の顔を見たときに見せてくれるあおちゃんの笑顔は、私たちが出逢ったあの日からまったく変わらない。
　二重の目を細めて、目尻を下げて。
「じゃあ、学校行こっか」
　あおちゃんは、私を見て無邪気に優しく笑う。
「……あおちゃんって、かっこよくなったよね」
　ふたりで並んで登校している途中、私が思ったことをそのままつぶやくと、
「へ？……はい？　ん？」
　って、あおちゃんがすごく慌てている。
　こんなにおどおどするあおちゃんなんてなかなか見ることができないから、なんかおもしろいかも。
　私はあおちゃんを見ながら、いたずらっぽく笑う。
「いや、だってさ？　私とあおちゃんが出逢った頃は、あおちゃん、"可愛らしい"って感じだったのに、最近はすごく大人っぽいから」
　冗談っぽく言っちゃったけど、これは私の本心で、最近は毎日そう思っている。
「……それ、こっちの台詞だし」

数秒の間、黙っていたあおちゃんが、私のことをチラリと見ながら口を開いた。
「……え？」
「だってなっちゃん、最近すごくきれいになったでしょ？ もちろん出逢ったときもきれいだったけど、そのとき以上に大人っぽくなってる」
「へ……」
「本当、俺いつも思うもん。なっちゃんは絶対、世界で一番きれいだ、って」
「……っ」

とても恥ずかしくなって、あおちゃんと目を合わせることができなくなった私は、唇を噛んで自分の影に視線を落とした。

なに、これ……？

私の体中が熱をもったみたいに熱くなって、頬も太陽に焦がされたようにじわりと熱くなる。

あおちゃん、なに言ってるの？

今、自分が言ったことの意味、ちゃんとわかってる？

あおちゃんに"世界で一番きれい"と言われたことがものすごく恥ずかしくて、私はうつむいたままその場に立ちどまって顔を覆う。

本当、恥ずかしすぎて、きっと私の顔は真っ赤になっているはず。

どうしてくれるの？
「なっちゃん？ どうしたの？」

ひとりで自分の中の恥ずかしさと戦っていたら、顔を覆っていた手をつかまれて、私の顔をのぞきこむようにグッと近づいてきたあおちゃんの顔。
　いきなりの出来事にびっくりして思わず目を瞑ると、コツン……と小さく音がして、私のおでこにあおちゃんのおでこがあたった。
　そのときにあおちゃんのふさふさの髪の毛が触れて、それがくすぐったくて私は少しのけぞってしまう。
「ん、熱はないね。大丈夫？　なっちゃん。なんか顔すごく赤いけど」
　さっきまで真剣な顔をしてたくせに、今度は心配そうな顔に変わって、私の顔をのぞきこんできたあおちゃん。
　……なんか、ちょっとムカつく。
「なっちゃん？」
　まだ心配そうに私を見つめてくるあおちゃんから、私はふい、と視線をそらした。
「……おちゃんの、せいだよ」
「ん？」
「あおちゃんの、せいだってば……」
「え、俺のせいなの？」
　あおちゃんはそんなことを言われるとは思っていなかったんだろう。
　だって、目の前で口をぽかんと開けながらまぬけな顔をしてるもん。
「なっちゃんの顔が赤いの、本当に俺のせい……？」

これでも気づかないあおちゃんの鈍感さにあきれて、私はそっとため息をつく。
　……そうだよ。
　全部全部、あおちゃんのせいだよ。
「……あおちゃんが私のこと、きれいとか言うから」
　恥ずかしくなっちゃったんじゃん。
　私は唇をとがらせて、頬をぷくっとふくらませた。
　あおちゃんはその仕草(しぐさ)を見て、私が怒っていると勘違いをしたのか、
「ご、ごめんね？　いや、でもさ、本当にそう思ってるんだよ？」
「……」
「……あ、ごめん。俺が悪かったから。なっちゃんごめんね？　許して？」
　そう言いながら、両手を合わせて必死に謝ってくる。
　……そういえばいつの間にか、自分の呼び名が"僕"から"俺"へと変わったあおちゃん。
　私も自分のことを"なつ"じゃなくて"私"って呼ぶようにはなったけど、でもやっぱりあおちゃんのほうが大人になったような気がする。
　なんていうか、ふとした仕草とか、ほどよくついた筋肉とか、男の子だなあと思うようになった。
「なっちゃん、まだ怒ってる……？」
　なにも言わない私に、あおちゃんは眉をきれいなハの字にして、機嫌をうかがうように私の顔を見つめる。

なんかこのアングル、どこかで見たことがあるような気が……。
　そこまで考えて、私はハッと思い出した。
　あ、そうだ。
　たしか私たちが初めて出逢ったあの日も、あおちゃんは、砂浜でこけた私をこんな感じで見つめてたっけ。
　眉をハの字にして、困ったような顔をして。
　……もう、ずいぶんと前のことになるけどね。
　ああ、懐かしいな。
　出逢った頃の懐かしい日々を思い出して、なんだか幸せな気持ちに包まれた私は、あおちゃんへとびきりの笑顔を向けた。
「あおちゃんのばーか！」
「ちょ、なっちゃん……？　急にどうしたの、もう怒ってないの？」
「もう、本当にバカだなあ。私、別に最初っから怒ってないよ？」
「え？　怒ってないの？」
「んー怒ってない。そうだな、強いて言えば、ちょっとだけ恥ずかしかったから、あおちゃんにいじわるしたの」
　私が笑ってそう言うと、あおちゃんは本当に安心したような顔で小さな息を吐いた。
「なっちゃんが怒ってなくてよかったけどさ……なんかムカつく」
「あははっ！　あおちゃんおもしろいね？　私のことムカ

ついたのー？」
「もう、そういうのだよ！ よくわからないけど、からかわれた気がしてムカつく……」

　ムカつくと言いながら、にこにこおだやかな顔をしているあおちゃん。

　だからぜんぜん怖くない。
「まあ、でもさ。なっちゃんが怒ってなくて、こうして笑顔になってくれてよかった」

　ふたたびゆっくりと歩きはじめたあおちゃんは、そんなことを言う。

　慌ててあおちゃんを追いかけて隣に並んだ私は、チラッと横に視線をやる。

　あおちゃんは、私を見つめながら優しく微笑んでいて。
　ドキッと私の胸が小さく音をたてた。
　……ああ、私、幸せかもしれない。

　こうしてあおちゃんとささいなやりとりができることが、とっても楽しいから。

　これから先もずっと、あおちゃんとのこの関係が変わらず続いていくといいな。

　朝の太陽が照りつける中、私はひとりそう思った。

「ねぇねぇ、菜摘ちゃん！」
「あ、花鈴(かりん)ちゃん！　そんなに興奮してどうしたの？」

　この島には私の同級生は13人しかいなくて、ほかの学年に比べてもとても少ない。

でも人数が少ないおかげで、みんなが友達のようなもの。
　男子も女子もみんな仲がよくて、男子は新聞紙を丸めてチャンバラごっこをしたり、女子はあやとりをしたり、休み時間はいつもにぎやか。
　そして今日も……。
　数学の授業の準備をしていると、同級生のうちのひとり、花鈴ちゃんが私の背中にじゃれるように飛びついてくる。
「なに？　いいことでもあったの？」
　目をキラキラ輝かせて私の顔をのぞきこんでくるから、なにかいいことでもあったのかなと思って花鈴ちゃんに聞いてみる。
　でも、私の質問ににっこりした笑顔で首を横に振る花鈴ちゃん。
　じゃあ、なんの用なのかな？　どうしてこんなにも楽しそうにしてるのかな？
　不思議に思っていると、花鈴ちゃんが私の耳もとに唇を寄せて、こそこそっとささやいた。
「あのさ、あのさ。菜摘ちゃんと碧くんって、付き合ってるの？」
「……は!?」
　想像もしていなかった話に思わず教室中に響くような大きな声がでて、ほかのクラスメイトが驚いたようにチラッと私たちのほうを振りむいた。
　それにもかまわず、にやにやしながら話を続ける花鈴ちゃん。

「ウワサになってるよ？　菜摘ちゃんと碧くんはずっと一緒にいるから、ふたりは付き合ってるんじゃないかって」
　花鈴ちゃんは私の頬をつつきながら、
「で、本当のところはどうなの？」
　って首をコクッと可愛らしく傾げた。
　花鈴ちゃんの目はさっきよりも輝きを増していて、あまりの迫力に少しだけ身じろぎした。
　私と、あおちゃんが付き合ってるって？
　いや、たしかにあおちゃんとはずっと一緒にいるけどさ。
「ぜんぜんそういうのじゃないよ？」
「へ〜」
「ちょっと、信じてよ！　あおちゃんとは本当にそんな関係じゃないの」
「ふ〜ん、毎日一緒に登下校してるのに？」
「それはなんていうか、習慣というか。今さら一緒に登校するのをやめるのもおかしいし、とにかく、付き合ってるとかじゃないからね？」
「習慣、ねぇ」
　だめだ、花鈴ちゃん絶対信じてないよ……。
　本当に付き合ってるとかじゃないのに。
「碧くんにドキドキすることとかないの？」
「な、なに？　急に！」
「お、菜摘ちゃん焦ってる？」
　私が動揺したことが裏目にでたのか、花鈴ちゃんは私を上から下までじっくり眺めてから、とんでもないことを言

いだした。
「私には、ふたりが両思いに見えるけどな〜」
「……へ？」
　……いやいやいや、花鈴ちゃん、今なんて言った？
　私とあおちゃんが、両思い？
　……ううん、絶対それはないよ。
　だって、私とあおちゃんは今までお互いに恋愛感情なんか抱いたことはないし。
　付き合いも、友達として仲良くしてるっていうか。
　あおちゃんにドキドキしたこともないし、……ん？
　ドキドキしたことも、ない……？
　ふと、私は朝の出来事を思い出す。
　……ちょっと待って。
　私、あおちゃんに"世界で一番きれい"って言われたとき、どんな気持ちだったっけ……？
　おでこをコツンってされたとき、あおちゃんのことどんなふうに思った……？
　考えれば考えるほどに、朝の出来事とそのときの気持ちを鮮明に思い出してしまう。
　恥ずかしくて恥ずかしくて、でも、ちょっとだけうれしかった。
　……あおちゃんにドキドキ、した。
　もしかして、私。……いや、そんなはずはないよ。
「ほら、菜摘ちゃん。心当たりがあるんじゃないの？」
　目の前にいるはずの花鈴ちゃんの声が、ぼんやりと遠く

に聞こえる。
「心当たりなんて……っ」
　口を開いた、そのとき。
　ガラガラっと扉の開く音がして、大きな笑い声をあげながら、クラスの男子たちが教室に入ってきた。
　背筋がビンッと伸びて、私の体が固く凍りつく。
　チラッと視線を男子のほうへ向ければ、クラスメイトたちと目を細めながら楽しそうに笑っているあおちゃんがいて。
　ドクン、と、私の胸が淡くうずいた。
　嘘、でしょ……？
　もしかして私、本当に？
「ねぇ、花鈴ちゃん……」
「ん？」
「どうしよう、ドキドキするかも……」
　震える声で言葉を押しだせば、花鈴ちゃんはものすごくうれしそうに笑って。
「私たちも中学生だもんね。菜摘ちゃん、やっぱり恋してたんだね」
「やっぱり……？」
「だって菜摘ちゃん、碧くんといるときすごく可愛いんだもん。……私、応援するからね？　頑張ってね」
　花鈴ちゃんはまわりには聞こえないように小声で言ったあと、私の頭をポンポンとなでてくれた。
　なんだかそれが恥ずかしくて、くすぐったくて、私は照

れた顔を隠すようにうなずきながら微笑んだんだ。
　……ねぇ、あおちゃん。
　私、今まであおちゃんのこと仲のいい友達だと思ってた。
　友達以上、恋人未満。
　そんな言葉があるけどね、友達よりは親密で、だけど恋人ではない私たちの関係は、それにぴったりだってずっと思ってたの。
　でもね……？
　私、もしかしたら……あおちゃんのこと、好きかもしれない。
　あおちゃんの彼女になりたいって、あおちゃんの一番になりたいって、そう思うの。
　……私が幼い頃からずっと"友情"だと思っていたこの想いは、もしかしたら"恋"かもしれないよ。

きみがいない日

　あおちゃんを想うこの気持ちが"恋"だと気づいてから、もう１週間。

　島の風はすっかり肌寒いものに変わり、学校へ着ていく制服も、半袖から長袖のものへと変わった。

　そして私は今、そわそわしながら国語の授業を受けている真っ最中。

　その理由は、今朝、起きた出来事。

　私はいつもどおり、今日の準備を済ませてからあおちゃんが迎えにきてくれるのを待っていた。

　早くあおちゃんに会いたいな。あとどのくらいでくるんだろう。

　……今日の登校時間は、なにを話そうかな。

　そんなことを考えながら、私はひとりでドキドキしてたんだ。

　……でも。

　そんな私の気持ちは、すぐに崩れさることになった。

　いつもあおちゃんが私を迎えにきてくれる時間から10分がたった頃、コンコンと音をたてて私の部屋に入ってきたのは、少し目を潤ませたお母さん。

　お母さんは、"あのね、菜摘"って、いつもよりも真剣な顔で私の名前を呼んだ。

『どうしたの……？』

私が聞くと、お母さんは優しく微笑む。

真剣な瞳の奥に、動揺がまぎれこんでいるみたいで、こんなお母さんを見るのは初めてだった。

『ねぇ、菜摘……』

ものすごく、イヤな予感がしたんだ。

『今朝ね、碧くんが倒れたって。碧くんのお母さんから電話があってね……』

『……え?』

『今、島波医大病院に救急車で運ばれてるんだって』

『う、そでしょ……?』

突然告げられた出来事に、私の頭がついていかない。

口の中がカラカラに乾いて、うまく息ができなくなった。

『菜摘も知ってるとおり、碧くん、心臓病でしょ……? 朝、急にね、発作が起きたらしいの』

待って? ちょっと、待ってよ。

お母さんの言ってることが、よくわからない。

あおちゃんが倒れた? 発作が起きた?

嘘だよね……?

しかも、島波医大病院って、名医がそろってるとかでとても有名な大きな病院じゃん。

そんなに深刻な状態なの?

『あお、ちゃん……』

『菜摘』

『嘘、だあ……。ねぇ、お母さん、嘘だよね? 嘘だって、言ってよ……っ』

お母さんはなにも答えず、ただひたすら私の背中をさすっている。
　私の瞳から、一粒、また一粒と、涙がこぼれ落ちる。
　ねぇ……あおちゃん。大丈夫なの？
　昨日はあんなに元気だったのに。
　にこにこ笑って、クラスの男の子と楽しそうに話してたのに。
『あお、ちゃん……っ』
『菜摘』
『あおちゃん、死んじゃうの……？　そんなのイヤだよ……』
　このまま、いなくなっちゃうの……？
　昨日までそばにあった私の大好きな笑顔が、もう見れなくなっちゃうの……？
　そんなの……。
『や、だぁ……っ』
　足がガクガクと震えて、立っていることさえもできなくなって、とうとうその場にぺたりと座りこむ。
　あおちゃんがいなくなることを想像しただけで目の前が真っ暗になって、恐怖で体が言うことを聞かない。
　それは思考も同じで、そんなことを考えたらダメだとわかっているのに、どうしてもあおちゃんが私の前からいなくなってしまう最悪の事態を想像してしまう。
『こら、菜摘！　縁起でもないこと言わないの、碧くんはそんなに弱い子じゃないでしょ！』
　そんな私を、お母さんが叱った。

『……っ、でも』
『でもじゃない！　菜摘、あなたが一番知ってるでしょ？ 碧くんがどれだけ強い子か。今だって碧くんは頑張ってる』
『……っ、ん』
『碧くんは死なない。菜摘の前からいなくなるわけないじゃない。碧くんはね、菜摘と一緒に、生きるのよ……？』
『私と、一緒に……』

　涙を懸命に堪えながら、私を真っ赤な顔で叱るお母さん。
　そのとき、小さな頃に交わしたあの約束が私の脳裏をかすめる。
"もしぼくがびょうきをなおしたら、ずっといっしょにいてくれる？"
"……うん、いるよ。なつ、あおちゃんとずっといっしょにいる"
　あのとき、あおちゃんは言った。
　病気に勝って、生きるって。
　……それを思い出した私は、ポロポロとあふれる涙を右腕でグッとぬぐう。
　1階から私の部屋まで上がってきて姿を現したお父さんが、そんな私の頭をくしゃくしゃっと不器用になでた。
『……菜摘。お前はもう、学校へ行きなさい。今からじゃ間に合わないだろうから、学校へは事情を説明しておくから。学校から帰ったら、すぐに碧くんのお見舞いへ行こう。父さんも今日は、仕事を早めに切りあげるから』
『……ん』

『だから菜摘は、頑張って学校に行きなさい』

　唇を嚙みしめて涙を堪えるお母さんと、あふれた涙を必死にぬぐう私を交互に見て、お父さんはそっと微笑んだ。

　その笑顔はまるで、"安心しなさい"って言っているようで。

　そんなお父さんの微笑みを背に、私はまだ震えている足を無理やり立たせ、スクールバッグを肩にかける。
『……行ってきます』

　そっとつぶやくように言ったその言葉は、今までで一番苦しい"行ってきます"だった。

　――キーンコーンカーンコーン。

　帰りの会も終わって、そのあとにある掃除の終わりを告げるチャイムもたった今鳴った。

　そのチャイムを耳にした瞬間、私はスクールバッグをとっさにつかむ。

　早く、早く行かなきゃ。

　そんな気持ちがあふれだした私は、その場を早く立ちさって家に帰ろうと拳をグッと握りしめる。
「菜摘ちゃん？」
「……あ、先生」

　いざ教室を出ようと思ったのに、担任の先生に呼び止められて、仕方なくその場にとどまる。

　今すぐ家に帰りたいのに、いち早くあおちゃんに会いにいきたいのに。

……なのに、先生は視線をゆらゆらといろんな方向にさまよわせるだけでなにも言わない。
「……先生？　なにか用事ですか？」
　もどかしい気持ちがありながらも不安げに問いかけると、先生はハッとした表情をして、やわらかく微笑んだ。
「今日、碧くんのとこへ行くの……？」
「あ……はい。でも、ひとりじゃなくて、お父さんたちと一緒にですけど」
「そう。……あのね、先生、今日学校で職員会議があって病院へお見舞いに行けそうにないの。これ、今日のプリントまとめたんだけどね、もっていってくれるかしら？」
　まわりをキョロキョロ見回しながら、小声でそう言った先生。
　そっか、きっとこの学校にいる人たちであおちゃんの病気のことを知ってるのは、私と先生たちだけ。
　今日も、あおちゃんは風邪で休みということになっている。
「……はい、わかりました。あおちゃんか、あおちゃんのお母さんに渡しておきますね」
　私も少し声のボリュームを落として答えながら、先生からプリントが入ったファイルを受けとった。
「ありがとう、菜摘ちゃん」
「いいえ。私にできることは、このくらいしかないので……」
「そんなことないわ。菜摘ちゃんは、本当に碧くんの支え

になってると思う。……先生も、碧くんが早くよくなってくれることを心から願ってるわ」
　先生は、あおちゃんのことを思い出したのだろう。
　そう言って、先生は悲しげに目を伏せて、私の両手をギュッと握りしめた。
　私はそんな先生を見て、そっと微笑む。
「私も同じ気持ちです。……あおちゃんがよくなると、信じてます」
　そう言いきると、私は先生に背中を向けてそのまま教室から全力で駆けだした。
　頭の中にあったのは、大好きなきみのことだけ。
　1分、1秒でも早く、あおちゃんに会いたい。
　会って、あおちゃんの笑顔が見たい。
　その想いだけで、長い長い島の道を私は全速力で駆けぬけた。

　――コンコン。
　午後6時を少しまわった頃、私はお父さんとお母さんと一緒に、あおちゃんのいる島波医大病院へとやってきた。
　私の背より幾分も高い位置にある名前のプレートを見上げれば、そこには"高岡碧"の文字。
　お父さんはあおちゃんの名前が掲げられている病室の扉を、静かにノックする。
　すぐに"はい"と返事があって、ガラガラと音をたてて扉が開いた。

病室の中から姿を現したのは、疲れきったようなあおちゃんのお母さん。
　とたんになんだか不安になった私は、お母さんのうしろに隠れて、お母さんの腕をクイッとつかむ。
　そんな私を見たあおちゃんのお母さんは、
「ふふっ。菜摘ちゃん、大丈夫よ。そんなに不安にならなくて。ね？」
　って、微笑んでくれた。
「菜摘ちゃん、よくきてくれたわね。あのね、碧ね、ずっと菜摘ちゃんに会いたいって言ってたのよ」
　そう言って、あおちゃんのお母さんは少ししゃがんで私と視線を合わせると、よしよしと頭をなでてくれた。
　あおちゃんのお母さんの手のひらは、とっても温かくって。
　私は不安だらけの心をそっとほぐすように、胸に手をあてて深呼吸をする。
「なっ、ちゃん……？」
　そのとき、病室の奥のほうから聞こえてきた、私の大好きな声。
　声の主はあおちゃんに変わりないのに、その声はいつもと違って少し元気がなくて、弱々しくかすれていた。
　……あおちゃんと会って、大丈夫なのだろうか。
　今、こうして声を聞く限りすごくつらそうなのに、私があおちゃんと会っていいの……？
　さっきまであんなにも会いたいと思っていたのに、いざ

目の前になると胸いっぱいの不安にかられてしまう。
「菜摘」
「……ん？」
　いろんなことを考えてあおちゃんの声に返事ができないでいると、お母さんが私の肩にポンと手を添える。
「……菜摘、大丈夫。大丈夫よ」
　お母さんの"大丈夫"のひと言が、不安でいっぱいだった私の心を少しずつ溶かしてくれる。
「お母さんたち、少し外でお話してくるわね。またしばらくしたら帰ってくるから、それまで碧くんとおしゃべりしてなさい」
　見上げれば、優しく目尻を下げて微笑んでいるお母さん。
　そして"うん"と１回うなずいてくれた、お父さん。
　あおちゃんのお母さんも、
「碧と、たくさん話してやってね」
って、私に優しい笑顔を向けてくれた。
「じゃあ菜摘、お母さんたち外に行くけど、碧くんの様子が少しでも悪くなったら、看護師さんに伝えるのよ。一応、近くのソファのところにお母さんたちもいるから。場所、わかるわよね？」
「……うん」
「碧くんは、菜摘が守るんだからね」
「……ん」
　お母さんはそれだけ言いのこすと、お父さんとあおちゃんのお母さんと一緒に病室を静かに出ていった。

この狭い病室には、私とあおちゃんのふたりきり。
"碧くんは、菜摘が守るんだからね"
　お母さんに言われたその言葉が、頭の中をぐるぐるぐるぐる駆けめぐる。
　私が、あおちゃんを守るんだ。そう思ってたのに。
「ねぇ、なっちゃん」
「……なに？」
「そんなところにいないで、こっちにきなよ。ドアの近くは寒いでしょ？　風邪引くよ？」
　あおちゃんは、本当に優しいね。
　自分の身体のほうがつらいはずなのに、私のことを気づかってくれるんだもん。
　これじゃ、私があおちゃんを守るんじゃなくて、私があおちゃんに守られてるじゃん。
「……そうだね、ありがとう」
　あおちゃんがおいでと言ってくれたから、私はゆっくり歩いてあおちゃんが寝ているベッドのそばへ行く。
　あおちゃんはベッドを半分起こした状態で、私のほうを笑って見ていた。
　……でも、その元気そうな笑顔とは裏腹に、あおちゃんの右腕には点滴の針が痛々しく刺さっていて。
「あお、ちゃん……」
　こうして目の当たりにしたあおちゃんの痛々しい姿に、気づけば私の瞳からは大量の涙があふれて、その雫はむなしく私の顎を伝って床に滴り落ちていく。

今日一日中感じていた不安が形になって、自分ではどうすることもできない。

ぼやけていく視界の片隅に、今にも泣きそうな顔でおろおろしているあおちゃんの顔が映った。

「……っ、ひっく……うぅ…」

嗚咽が、ぜんぜん止まらない。

「……こ、わかった……っ」

やっとの思いで口を開けたと思ったら、出てきたのはこの言葉で。

「あおちゃん……っ、やだぁ……」

そこで、やっと気がついた。

自分の中にあった、心の奥底の気持ちに。

私は、あおちゃんがいなくなるのが本当に怖かったんだって。

小さな頃からずっと一緒にいて、ずっと隣で育ってきたあおちゃん。

どんなときも、私のそばで笑顔を絶やさず笑ってくれていたあおちゃん。

毎日の登下校だって、あおちゃんが隣にいない日はなかった。

そんなあおちゃんが、今日は私の隣にいない。

この事実が、私にとってはなによりも恐怖で仕方なかったの。

それはきっと、私にとって、あおちゃんが誰よりもなによりも大切で大きな存在だから。

"あおちゃん"というひとりの人に支えられて、私が生きてきたから。
「あ、おちゃ……っ」
「なっちゃん……」
「うぅ……っ、っく……」
　なにをするわけでもなくただ泣きじゃくる私を、あおちゃんは困ったような顔で見つめる。
　あおちゃんを困らせたくない。
　こんな困ったような顔をさせたいわけじゃないんだよ。
　病気で苦しんでいるあおちゃんを、私が笑顔にしてあげたいんだよ。
　そう思ってるのに、なんでなのかな。
　私の目からは涙しか出てこないの。
「……なっちゃん、ここ、おいで」
　あおちゃんは、そっと笑みを浮かべて私に両手を広げた。
　だから私は、点滴にあたらないようにそーっとあおちゃんに抱きつく。
　そのままギューッと手に力を込めると、あおちゃんが左手で優しく頭をなでてくれたのがわかった。
　ねぇ、あおちゃん。やめてよ。
　そんなに優しく私に触れないでよ。また、涙が出ちゃうじゃん。
「ふぅ……っ、ひっ、く……あ、おちゃ……っ」
「なっちゃん」
「寂しかった、よ……っ、つら、かったよ……」

「……ごめん」
「……私、あおちゃん、が、いないと……っ、うぅ……っ」
　そこまで吐きだすと、私は強く強くあおちゃんを抱きしめて、必死にあおちゃんにしがみついた。
　……あおちゃん。
　私ね、やっぱりあおちゃんがいないとダメなんだ。
　私はあおちゃんがいないと、生きていけない。
　きっとすごく大げさなことを言ってるよね。
　まわりの人たちからすれば、バカだって思われるようなことを言ってるよね。
　全部、自分でわかってるの。
　……でもね、あおちゃん。
　このとき、私は本気で思ったの。
　私たちは、"ふたりでひとつ"なんだって。
　どっちかが欠けたら、成りたたないんだって。
　だからね、あおちゃん。
「いなく、ならないで……っ」
　私の前から、いなくならないでよ。
　お願いだから、ずっと私のそばにいてよ。
「……なっちゃん、泣きやんで？」
　点滴をしてない左手で、私の頭をなでていた手を止めて抱きしめてくれたあおちゃん。
　まるで小さな子どもをあやすかのように、その手でトントンと背中をなでてくれた。
　私の胸の中に、温かな感情がじわじわと広がっていく。

「……俺、いなくならないよ？」
「……っ、ん」
「約束したでしょ？　病気に勝って、なっちゃんとずっと一緒にいるって」
「そう、だけど……っ」
「俺、絶対病気に勝つから。早く病気を治して、なっちゃんとずっと一緒にいる」

　9年のときがたって、もう一度繰り返された、幼い日に交わしたあの約束。
　あおちゃんも、覚えてくれていたんだね。
　顔を上げれば、真剣な顔で私のことを見つめているあおちゃんと目があって、トクンと心臓がうずいた。
「俺のこと、信じてくれる？」
「……ん」
　不思議だよね。
　あおちゃんが"ずっと一緒にいる"と言ってくれただけで、こんなにもうれしい。こんなにも、安心できる。
　何度もコクコクとうなずけば、あおちゃんは私を抱きしめる力をもっと強くした。
　……ちょっと苦しいけど、でも、できることならこのまま私のことを離さないでいてほしい。
「ごめんね、なっちゃん。怖がらせちゃったよね。でも俺、今日一日入院すれば、明日には退院できるから」
「本当……？」
「うん、本当だよ」

「また、私たち一緒に登校できるの……？」
「うん、そうだね。また、なっちゃんと一緒に登校できるよ」
　うれしそうな声が耳もとで聞こえて、あおちゃんからゆっくりと離れると、私を見て優しく笑っているあおちゃんと目があって。私も小さく笑みを浮かべる。
　胸の奥が甘くうずいて、幸せだなって素直にそう思った。
　自分でも知らない間に、こんなにもきみのことが大好きになってたんだね。
　あおちゃんが好き。友達としてだけじゃなく、男の子としても。
　この気持ちは嘘偽りなく、本物の気持ちだよ。
　……でも。
　そんな私の淡い初恋は、中学２年生を迎えた春に、あっけなく壊されていく——。

精一杯の告白

　つい先週まで咲きみだれていた桜はもう全部散ってしまって、代わりに芽吹きはじめているのは、淡い色や濃い色がまばらに混ざった木の葉。
「なんだか、元気になれるなあ……」
　生き生きと芽吹き、風にさらさらと揺れている木の葉を見て、そう思った。
　中学２年生、春。
　……あ、でも、桜が散っちゃったから、もう春じゃないのかな？
　いや、でもまだ４月の下旬だし、暦の上ではまだ春だよね。
　そういえば、私はこの半年間で背が６センチも伸びた。
　だからって気分がすごく大人になったわけでもなくて、私はいたっていつもどおり。
　……なんだけど。
　今日の私は、いつもとは違うんだよね。
　起きてから今までずっとそわそわしちゃって、心臓がドキドキ大きな音をたててる。
　なんだかね、自分が自分じゃなくなっちゃったみたいで落ちつかない。
　そんなことをひとり思っていると、目の前にもう見慣れた家が姿を現した。

幼い頃から何度も訪れたこの家。
私は肩にかけてあったお気に入りのブラウンのショルダーバッグから薄いピンク色の手鏡を取りだすと、自分の髪型を念入りにチェックする。
今日は、胸のあたりまである髪の毛を両方の耳の下でキュッと結んだふたつ結び。
髪の毛をチェックしたあとは、服装の確認。
服は淡いピンク色の膝丈(ひざたけ)ワンピースにした。
足もとは、白いリボン付きのサンダル。
……変じゃないよね?
朝、お母さんにも確認してもらったけど、やっぱり気になっちゃう。
心臓がドキドキと鳴ってるのが自分でもよくわかって、緊張感がよけいに増してくる。
だってね、今日、私は……。
「大丈夫、大丈夫……」
高鳴る胸を必死で押さえながら大きく深呼吸を繰り返していると、目の前の家の扉が音をたてて勢いよく開いた。
「なっちゃん!」
私を見て、くしゃっと目を細めた彼は、真っ白なTシャツの上に青い薄手のシャツを羽織っていて、下は濃い紺色のジーンズをはいている。
「待たせてごめんね?」
そんなあおちゃんがあまりにもかっこよすぎて、まっすぐにあおちゃんのことを見ることができない。

私の視線はチラチラといろんな所をさまよって行き場をなくす。
　……あおちゃん、本人がカッコいいだけじゃなくて、おしゃれになったよね。
　ほら、左手首につけてる腕時計も、私たち中学生の間で話題になっているブランドのものだし。
「なっちゃん、そのワンピースすごく似合ってる」
「へ？」
　あおちゃんが突然、私の顔の前で手をひらひらと振る。
「だーかーら、そのワンピース！　なっちゃんきれいだから、よく似合ってるよ」
　なんて、あおちゃんが笑顔で言うから。
　一瞬、胸が苦しくなって死んじゃうかと思った。
　……あおちゃん、私のこと"きれい"って、"ワンピース似合ってる"って言ってくれたよね？
　やばい、うれしすぎて胸がいっぱいいっぱいになる。
「……ありがとう、あおちゃん」
　きっと今、誰が見てもわかるくらいに、私の顔は真っ赤になってるだろうな。
　うつむいていた顔をあげると、やっぱり私の思ったとおり、あおちゃんが私の顔を見て笑う。
「真っ赤だね」
　って、いたずらに自分の頬をツンツンと指差して。
　そんなあおちゃんに言い返してやりたくなったけど、私はぐっと堪えてとびきりの笑顔を見せる。

だってね、今日はあおちゃんの1年に1度の大切な日だもん。
　あおちゃんにとっての、幸せな日だもん。
　だから私はまっすぐにあおちゃんを見つめて、今日一番言いたかったことを伝えた。
「あおちゃん、お誕生日おめでとう」
　私のその言葉に、あおちゃんの目尻が子犬みたいにキュッと下がる。
　本当にうれしそうに、あおちゃんが笑った。
「うん、なっちゃんありがとう」
　幸せそうな笑顔に、私までうれしい気持ちでいっぱいになる。
「今日、日曜日でしょ？　だから俺、なっちゃんに祝ってもらえないと思ってたんだ」
「え、そうなの？」
「うん。でもね、なっちゃんが誕生日の日は一緒に遊ぼうって誘ってくれたから、本当にうれしかったんだよ」
　あおちゃんは私を見て、にかっと歯を見せてあどけない笑顔を向ける。
　……もう、あおちゃんのバカ。
　そんなにうれしそうな顔しないでよ。
　私を見て、優しく笑わないでよ。
　また、あおちゃんのこと好きになっちゃうじゃん。
　……あおちゃん、好きだよ。大好き。
　なんて、心の中でいつも私が思ってること、あおちゃん

はまったく知らないんだろうね。
「今日、どこに行く？ なっちゃんの行きたい所に行こう」
「えっ？ でも……」
「なに？」
「今日はあおちゃんの誕生日でしょ？ だから、あおちゃんの……」
　あおちゃんの行きたい所でいい。
　そう言おうとしたら、それをさえぎるようにあおちゃんが私の口もとを手のひらで覆う。
「俺、なっちゃんが一緒ならどこでもいいよ？ それにさ、今日こうやって遊びに出かけられるのだって、なっちゃんが俺を誘ってくれたからじゃん」
「そう、だけど……」
「だから、なっちゃんの行きたい所でいいんだよ」
　そう言って笑うあおちゃんの笑顔がすごく優しくて、私は息をすることさえも忘れてしまいそうになる。
　それくらい、あおちゃんの笑みは私の心臓をドキドキさせる。
　……って、それじゃあ意味ないのに。
　あおちゃんの誕生日なのに私の行きたい所に行ったって、あおちゃんはあんまり楽しめないでしょ？
　だからやっぱり、あおちゃんの行きたい所に行ったほうがいいんじゃないのかな。
「なっちゃん」
　私なりにいろいろ考えていると、あおちゃんから名前を

呼ばれて、うつむいていた顔を上げると、にこにこと微笑んでいるあおちゃん。
「なっちゃん、今、よけいなこと考えてるでしょ？ 俺が楽しめない、とか、私ばっかりが楽しいんじゃないかな、とか」
「うっ……」
「ははっ、当たりだ」
　図星を突かれ動揺を見せた私を見て、目の前でもっと笑いだしたあおちゃん。
　むぅ……私は本気で悩んでるのに。
　あおちゃんは、少しだけ膨れっ面になった私の顔をのぞきこむと、膨らんだほっぺたをつぶすように私の頬に触れる。
「さっきも言ったでしょ」
「え……？」
「俺は、なっちゃんが一緒にいてくれたらいいって」
「……っ」
「なっちゃんがいたら、なにやってても楽しいんだもん」
　あおちゃんのやわらかな髪の毛が、風にのってふわふわと揺れる。
「だから、今日はなっちゃんの好きな所に行こう」
　目尻を下げてにかっと笑ったあおちゃんが、いつも以上にかっこよく見えた。
「じゃあ……海、行きたい」
「海？ なっちゃん、海に行きたいの？」

「……うん」
　あおちゃんがここまで言ってくれてるんだもん。
　今日は素直にあおちゃんの優しさに甘えさせてもらおう。
　って言っても、いっつもこうして私の行きたい所へ行ったり、私のやりたいことをしたり、私のお願いごとはほとんどあおちゃんが叶えてくれてるんだけどね。
「じゃあ海に行こっか？」
「うん！」
「あはっ、なっちゃん、すごくうれしそう」
　私が満面の笑みで答えると、あおちゃんはそう言っておかしそうに笑った。
「よし、行こっか」
　あおちゃんの言葉にコクンとうなずくと、私の右手が温もりに包まれる。
　……あ。
　右手に視線を落とせば、しっかりとつながれている私の右手とあおちゃんの左手が瞳に映って。
　思いもしなかった突然の出来事に、私の心臓は今にも爆発しそうなくらいに波打っている。
　そのとき、花鈴ちゃんが言ってた言葉がふいに脳裏によみがえった。
『私には、ふたりが両思いに見えるけどな〜』
　ドクン、と心臓が高鳴る。
　……やっぱり、あおちゃんも私のことが好きなのかな。

いっつも私に優しくて、いっつも私のわがままに付き合ってくれて。
　そばで、笑ってくれる。
　それってやっぱり、あおちゃんも私のことが好きだから？
　花鈴ちゃんに両思いに見えると言われたときから、少しはそうなのかなって思ってたけど、こうして現実味が増してくると、私だってドキドキが鳴りやまない。
　どうしよう。
　私、あおちゃんのこともものすごく大好きだ。
　……あおちゃんは私のこと、どう思ってるんだろう。
　きっと、好きでいてくれてるよね？
　そっと横を見上げてあおちゃんの顔を盗みみてみると、あおちゃんはそんな私の視線に気づいたのか、私を見てにこっと微笑んでくれた。
　やわらかな風が吹きぬける砂浜。
　目の前に広がる透明で透きとおった青色の世界。
「わぁ、海だよ、海！」
　瞳に映る景色があまりにもきれいで、波打ちぎわへ駆けだすと私は振り返ってあおちゃんに大きく手を振る。
「なっちゃん、はしゃぎすぎだよ」
　そんな私を見たあおちゃんが、おなかを抱えて笑った。
「だって見て、この透明な水に、目の前いっぱいに広がる大きな青い景色。すっごいきれいじゃない？」
　まだ砂浜の向こう側にいるあおちゃんに聞こえるように

大きな声で叫ぶ。
「ははっ、たしかに。この島の海は、どこの海にも負けないくらい本当にきれいだもんね」
　あおちゃんは海を眺めながらゆっくりゆっくり私のそばへ歩いてくる。
「うん、私ね、この島の海が小さい頃から大好きなんだあ」
「俺もだよ。ここにくると、いっつも元気がもらえるような気がするから」
　真っ白な砂浜の上で裸足になった私たちは、水面のすぐそばまでくると、まるで小さな子どもに戻ったかのように海辺ではしゃぐ。
　と言っても、あおちゃんの体調のことを考えて、急激に心拍数が上がるような無茶なことはしない。
「ほら、なっちゃん？」
「きゃ……っ」
「あははっ、なっちゃんだまされた」
「ちょっと、あおちゃんのバカ！」
　こうやって少しだけ水の掛けあいっこをしたり。
「見て見て、これ、最近流行ってるよね？」
「あ、砂浜に絵を描くやつだ」
「この前ね、テレビでやってたよ。砂浜で絵を描いて、写真を撮ってSNSにアップするの。中学生の間で流行ってるんだって」
「あ、俺もそれ見た。……でも、俺たちどっちも携帯もってないけどね」

苦笑いを浮かべるあおちゃんに、私も同じような顔で笑う。
「まあ、この島の中学生はほとんど携帯もってないから、気にならないよね。それに、携帯がなくても十分楽しいし」
　水遊び以外にも、こうして砂浜に枝で絵を描いて遊んだり。
「なっちゃん、見てこれ」
「わあ、きれいだね」
「でしょ？　これ、なっちゃんにあげる。……あ、でも、もう小学生じゃないんだし、シュシュや小物のほうがうれしいよね」
「……ううん、あおちゃんがくれるものならなんでもうれしいよ。いいの？　こんなにきれいな貝殻もらって」
「うん、なっちゃんが持っててよ。貝殻を渡すなんて、ちょっと恥ずかしいけど」
「ふふっ、あおちゃんありがとう」
　あおちゃんは、中学生にもなって貝殻を渡すなんて恥ずかしいって言うけど。
　薄いピンク色に、淡い白の斑点(はんてん)模様が散らされた、すごくきれいな貝殻。
　私はそんな貝殻を見ているだけで自然と笑みがこぼれて、不思議と元気が出てくるんだよ。
　この島には大きなテーマパークもショッピングモールも、ゲームセンターもないけど。
　こうして島で遊べることを探したり、広い自然の中での

びのびと駆けまわったりして、毎日楽しい日々を送ってる。

　あおちゃんと過ごす日々はいつも楽しいけど、今日はあおちゃんの誕生日で特別な日だからかな？

　いつも以上に楽しく感じて、ふたりの笑い声が絶えることはない。

　でも楽しいからこそ時間が過ぎるのは早くて、手首につけていた時計に目をやれば、もうお昼の1時をまわっていた。

　砂浜に備えつけられてあった丸太に座っておしゃべりをしていた私たち。

「……あおちゃん。もうお昼だよ」

　あおちゃんをチラリと横目で見ながら、私は小さな声でつぶやいた。

「え、もうお昼？　何時なんだろ」

　そう言ってあおちゃんも自分の腕時計に目をやるなり、驚いたように目を丸くする。

「俺たち、そんなにここにいたんだね」

「そうみたいだね、話すことに夢中になってたからぜんぜん気づかなかった」

「せっかくなっちゃんが誘ってくれたんだけどさ、そろそろ帰る時間だ。俺の母さんもたぶん、ごはんを作って妹と待ってる」

「あ、うん……」

　あおちゃんの"帰る時間"という言葉に、私の体がわかりやすくビクッと反応する。

……そうだよね、あおちゃんの家にはあおちゃんの家の都合があるし、誕生日を祝いたいのは私だけじゃない。
　この前、あおちゃんのお母さんがあおちゃんの好きなチーズケーキを注文しているのを見かけたから、家族でもお祝いをするのだろう。
　だから、私がずっとあおちゃんの誕生日を独り占めしていいわけじゃない。
「なっちゃん？　どうしたの？」
　急に黙りこんだ私を心配するあおちゃんの視線を感じる。
　私は今までにないくらい緊張していて、手には尋常じゃないくらいの汗がにじんでいる。
　膝の上で手を握りしめると、ドキドキする心臓を落ちつかせるように私はそっと息を吐いた。
　……今日、あおちゃんに告白しよう。
　そう固く決意してここまできたはずなのに、いざ本人を目の前にしてしまうと頭の中が真っ白になって私の口からはなんの言葉も出てこない。
「あの、ね……」
　勇気を出してやっと絞りだした言葉も、情けないほど震えていた。
　でも、それでも。
「ん？」
　あおちゃんはそんな私を急かすことなく、ジッと耳を傾けてくれる。

だから私も、ちゃんと言わなきゃと思った。
優しいあおちゃんのために、私も全部を伝えなきゃ。
「あのね、私……」
緊張をごまかすように今度はワンピースの裾をキュッと握り、私は顔を隣に向けてあおちゃんの顔をまっすぐに見つめた。
ねぇ、あおちゃん。
ずっとずっと、大好きだったんだ。
とっても優しいあおちゃんにね、私は恋をしていたんだ。
だからね、どうか、どうか。
今の私の精一杯の想いを、受けとって。
「私、あおちゃんのことがね……」
震えた声が海辺に響いて、あおちゃんの視線をひしひしと感じる。
あまりの緊張感に息さえしづらくて、私は喉にへばりついた言葉を押しだすように声を出した。
「……好き」
伝われ、と、強く願ったからなのか、自分が思っていたよりも大きな声が出る。
あおちゃんがどんな顔をしているのか見るのが怖くて、私はあおちゃんの顔からパッと目をそらした。
世の中の恋人たちは、こんなにも怖くて不安でどうにもならないくらいの緊張を乗りこえて付き合っているのだと思うと、すごいなあと尊敬する。
……でも、なんだかんだで私は、自分に自信があったの

かもしれない。
　きっと私はあおちゃんに好かれてる、っていう根拠のない自信が。
　だから。
「なっちゃん、ごめん……」
　ひどく悲しそうな顔をしたきみに告白を断られたとき、あんなにもそっけなくしちゃったんだ。
「どう、して……？」
　思ってもいなかった返事に真っ白になった頭を必死に回転させるけど、私の思考回路は白紙になったまま。
　ずっと好きだった人、しかもうぬぼれとはいえ、両思いになれると思っていた人から告白を断られて、私の心はズタズタに引きさかれていた。
「……意味がわかんないんだけど」
　無駄なプライドが邪魔をして、ごめんと言われたことが悔しくて、ついつい強気な態度をとってしまう。
「……ごめん」
「なんで……ねぇ、なんで？」
「……ごめん」
"どうして"と何度も口にする私だけど、それでも告白の返答を変えることのないあおちゃんに、自分でもよくわからない感情の涙がこみあげる。
　悲しそうに瞳をさまよわせて"ごめん"を繰り返えすあおちゃん。
　このときの私は、とてもじゃないけど平常心を保つなん

てことは無理だった。
　ねぇ、あおちゃん、どうしてなの……？
「今まで私に優しくしてくれてたのは、なんで……？」
「………」
「私の気持ちを知ってて、わざとからかってたの……？」
「……っ、違う！」
　あおちゃんはそんなことをする人じゃない。
　人の気持ちを試すような真似をして、隠れてそれを笑う人なんかじゃない。
　わかってる。
　ずっとあおちゃんの隣にいたんだから、あおちゃんはそんなことをする人じゃないって私が一番わかってる。
　……わかってるのにね、信じられないんだ。
　少し前までの私ならあおちゃんのことを信じることができたのに、今の私にはそれができない。
　どうしても、悪い方向に考えてしまう。
　本当は私があおちゃんを想っていたことを知っていて、わざと私がよろこぶような言葉をささやいて遊んでいたんじゃないかって。
「だったら、なんで……？　あおちゃんは私のこと好きじゃないんでしょ、だから私とは付き合えないんだよね」
「……そうじゃないよ。なっちゃんのことは好き。好きだけど」
「友達として好きだったって？　私のこと、友達としか思ってなかったって……？」

かぶせるように放った言葉に、あおちゃんはバツが悪そうに私から視線をはずして地面を見た。
「………」
「……あは、そうなんだ？　あおちゃんは私のこと、小さな頃からずっと一緒にいた友達だとしか思ってなかったんだ？　……ねぇ、だったらなんで？」

　ああ、もう止まらない。

　言いたいことがあふれ出て、でもそれをひとつずつ要領よく伝えるなんてこと、私にはできっこないから。

　座っていた丸太から立ちあがってあおちゃんを見下ろすと、思っていることを手当たりしだいに吐きだした。
「なんで私に優しくするの？　なんで私に世界で一番きれいだなんて言ったの？　なんで、なんで……そんなに簡単に、"大好き"なんて言ったの……？」
「……なっちゃん」

　あおちゃんにこんなこと言いたくないのに、まるで自分の体が乗っ取られたかのように言葉が勝手に出てきてしまう。
「私のこと、そういう意味で好きじゃないなら。簡単に"好き"なんて言わないでよ……！」

　私は、私はね。あおちゃんが思っているよりも。
「あおちゃんのこと、本気で好きなのに……っ」

　自分で自分がなにを言っているのかよくわからなくなって、見下ろした先にあるあおちゃんの困った表情がよけいにムカついて悔しくて。

私はバッグの中から今日のためにコツコツ作った誕生日プレゼントを乱暴に取りだすと、それをあおちゃんに向かって力一杯投げつける。
　あおちゃんのことを想って作った、世界にひとつしかないプレゼント。
　クラスメイトや先生、あおちゃんの家族に私の家族。島に住むおじいやおばあ。
　たくさんの人に協力してもらいながら１ページ１ページ一生懸命作った手作りのアルバムは、投げつけられた瞬間にページをつなげていたリングが外れ、無残にも砂浜の上に散らばった。
　……それが、今の私と重なって見えて。
　散らばったアルバムの１ページが風に吹かれ、ひらり、と踊ってから私の足もとに落ちてくる。
　私の目からこぼれた涙がそのページに滴り落ちて、ポツリと小さな模様を作った。
「……あおちゃん、好きだったよ」
　私はうわごとのようにポツリとつぶやき、そっと微笑んで。あおちゃんの顔を見ることもなくその場から走りだした。
「なっちゃん……！」
　切羽詰まったように私を呼ぶ声が聞こえたけど、私は聞こえないふりをして走りつづけた。
　ポロポロとうしろに飛ばされていく涙の粒をぬぐうこともせず、ずっとずっと、島の長い道を無我夢中で駆けぬけ

る。
　……あおちゃんは、病気で走ることができない。
　走って心拍数が上がってしまうと、発作が起きてしまうから。
　それを知っててわざと走る足を止めない私は、とてもひどい人間なのかな。
「……っ、はぁはぁ」
　しばらく走っていたせいで、呼吸をするたび喉がきりきりと痛む。
　息だって、ものすごく苦しくて。
　……でもね、それとは比べものにならないくらい、心が苦しいよ。
　喉よりも、息ができないことよりも。心のほうが苦しくて苦しくてたまらない。
　十分流したはずの涙が、またあふれてくる。
　きっと、私の心が痛いよ、つらいよって悲鳴をあげてるんだね。
　私は右手で心臓あたりのワンピースの布をくしゃっと握りしめると、あおちゃんと初めて出逢った日のことを思い出す。
　幼い日にあおちゃんと聞いたあの波の音が、あおちゃんと並んで見たあの景色が。
　私の脳裏に鮮明によみがえる。
　——あの日ふたりで聞いた波の音は、きっと私の恋の始まりの合図だった。

私だけが知る、恋の音。
　でもその恋の音は、今日、恋が始まったのと同じ場所で。
……こうしてバッドエンドを迎えた。
　ねぇ、あおちゃん。
　……どうして？
　今まで私にくれていたたくさんの優しさは、本当に友達としてのものだった？
　あの優しい笑顔も、あおちゃんが何度も言ってくれた"大好き"も。
　全部全部、友達の私に向けられたものだったの？
　私に向けられる視線がほかの子よりもすごく優しく感じられたのは、私の気のせいだったのかな。
　私はずっと、ひとりで大きな勘違いをしていたのかな。
「……好き」
　こんなにも、好きなのに。
　あおちゃんが、あおちゃんだけが。
　私は大好きなのに。
　……なんでだろうね。
　きみが今まで私にくれた"好き"を思い出すたびに、悲しいのか切ないのか、私の胸が音をたててズキズキと痛むんだよ。
「うぅ……っ、っく…あ、おちゃ……っ」
　ついさっきまで、ふたりで笑っていたのに。
　あおちゃんと私。幸せな時間をふたりで過ごしていたのに。

「……なん、でなの……っ」

　幸せな時間は、跡形もなくあっという間に終わりを告げた。

　私の頭の中に、大好きな大好きなあおちゃんの笑顔が思いうかぶ。

『すっごく楽しいね』

『私も、あおちゃんがいるからすごく楽しいよ』

　もう二度と、きみとこんなふうに笑いあうことはできないのかな。

『なっちゃん』

　そう言って優しい声で名前を呼ばれることも、きみのまぶしい笑顔をそばで見つめることも。

　もうこれから先、なくなっちゃうのかな。

　考えなければいいものをこうして考えてしまう自分がイヤになる。

　つらくなるとわかっているのに、思い出してしまうのはあおちゃんと過ごした今までの時間。

　私とあおちゃん、ふたりで一緒にいた日々を思い出せば、その日々があまりにも温かな思い出にあふれていて、幸せすぎて愛しすぎて。

　またひとつ、涙が頬を伝った。

　……でも、あのときの私はあおちゃんの本当の苦しみを知らなかったんだね。

　まるで呼吸をするようにあたりまえに過ぎていく毎日の

中で、あおちゃんが感じていた恐怖も、不安も、痛みも、苦しみも。
　……あおちゃんが、きみが。
　私と過ごす毎日にどんな想いを抱いて、どんな気持ちを抱えて私と接していたのか。
"また明日"
　私が言ったそのひと言が、どれだけあおちゃんを苦しめて。
"また明日"
　あおちゃんが私に繰り返したこのひと言に、どれだけの想いがこめられていたのか。
　私は、ぜんぜん知らなかったんだ。

第3章
夏音

◊

"なっちゃんを幸せにできない"
きみはあの日、そう言ったよね。
でもね、違うよ。
私だけが幸せになるんじゃない。
ふたりで、幸せになるんだよ。

きみの見せた弱さ

　あおちゃんにフラれて、初めてのケンカをしてからもう9日がたった。
「菜摘ちゃん、お誕生日おめでとう」
「おめでとう、菜摘！」
「わっ、みんな、ありがとう！」
　今日は私の14歳の誕生日で、うきうきしながら教室のドアを開けると、パーンってクラッカーの大きな音が鳴って、私の机の上にはたくさんのプレゼント。
「菜摘、これ私と私のお母さんから」
「このピンクの包装のやつ、私のだよ。菜摘ちゃんが好きそうなもの選んだからよろこんでもらえると思う」
　女の子たちは可愛らしいラッピングのプレゼントを指さし、にっこりと笑う。
「あっ、おい！　この肩叩き券あげたの誰だよー？　ちょっと破れてるぞ」
「あ、やべ、俺のやつだ」
「はあー？　お前のかよ？」
　男の子たちはそれぞれが個性あふれるプレゼントで、中には肩叩き券をプレゼントしてくれた人もいて。
　みんなが、その大量のプレゼントたちに負けないくらいのまぶしい笑顔を見せてくれる。
　なんだろう。今日が誕生日だからなのかな？

みんなの笑顔をそばで眺めているだけで、とってもうれしくて温かい気持ちになれる。
「みんな、ありがとね」
　私はひとつひとつのプレゼントを手に取り、それらを眺めながら微笑む。
　……なんて幸せなんだろうね。
　こうして自分の誕生日をみんなに祝ってもらえることなんて1年に1回しかないから、とても大きな幸せに満たされていく。
「あっ、それからね、菜摘ちゃん」
「なあに？」
「えっとね、」
　ひとりでプレゼントを両手に抱えてにやにやしていると、私の目の前にぴょこっと出てきた花鈴ちゃん。
　花鈴ちゃんは私の顔を見てにこっと笑うと、
「今日は菜摘ちゃんのバースデーパーティーをおこないます！」
　って私の頬を人さし指でツンツンしてきた。
「だから、放課後5時に海にこいよな」
　花鈴ちゃんに続くようにして、クラスの男の子が腕組みをして言う。
　まさか私のためにパーティーまで開いてくれるとは思ってなくて、私のテンションは一気に急上昇。
　……でも。
　私にはひとつだけ、気がかりなことがあった。

それは、お祝いをしてくれる場所。
……さっきの話だと、バースデーパーティーは海でやるんだよね？
正直、今は海に行きたくない。
だってきっと海に行ってしまえば、9日前に起きたほろ苦い出来事が脳裏に浮かんで、胸がギューッと苦しくなるから。
まだ、あおちゃんへの想いを忘れられていない私は、きっと泣いてしまうと思う。
できれば海へは行きたくなかったんだけどなあ。
みんなから少し離れた場所に座っているあおちゃんをチラッと盗みみるけど、あおちゃんは一度もこっちを見ようとしない。
……そうだよね。
あおちゃんは私のこと、フッたんだもん。
あの日の出来事なんて、あおちゃんにとっては日常の一部にすぎないよね。
私にとってあおちゃんの誕生日は特別なものだったけど、あおちゃんにとって私の誕生日は特別でもなんでもないんだよね。
そんなことわかってたはずなのに、実際にあおちゃんが私と目も合わせてくれようとしないところを見ると、想像していた以上につらかった。
胸が今にも押しつぶされて壊れてしまいそうなんだよ。
私は現実から目をそむけるようにギュッと目を瞑ると、

口もとに無理やり笑みを作る。
　みんなは私が失恋したなんて知らない。失恋したことは、私の恋を応援してくれていた花鈴ちゃんにも言えていなかった。
　……自分でも、この恋が実らなかった事実を受け止められていないから。
　この９日間、私とあおちゃんが一緒に登下校することもなければ、ふたりきりで話すこともなかったけど。
　私たちが普通のケンカをしてるんだと思って、クラスのみんなはそっとしておいてくれている。
　わかりやすく落ちこんで心配をかけるのも悪いから、私はバカみたいに明るく振るまっていつもと変わらない様子を演じた。
「わかった、５時に海に行けばいいんだね」
「うん、絶対だよ？　菜摘ちゃん」
「行くに決まってるじゃん。楽しみにしてる」
　私の返事に、みんながうれしそうに笑顔でうなずく。
　私はみんなにバレないように深い息を吐いた。
　くよくよしていても仕方ないよね。
　あおちゃんを想う気持ちやあおちゃんへの告白を、私はなかったことにはしたくないけど。あおちゃんにとっては、もう過去のことなんだから。
　……忘れなきゃ、いけないことなんだから。
　それに、せっかくみんなが私のためにお祝いしてくれるんだもん。

自分の誕生日くらい、心から笑って過ごさなきゃ。
　そう思いながら、学校ではみんなと一緒におなかがよじれそうになるくらい笑って一日を過ごした。
　でも、このときの私は気づいていなかったんだ。
　……みんながパーティーをしようと私を海に誘いだした、本当の意図に。

　みんなと学校でいったんさよならをしてから、1時間くらいがたった。
　海岸の近くまできた私は、お母さんが買ってくれたピンクの革ベルトの腕時計に目を移す。
　うん、ちょうど5時だ。
　私はひとりでうなずくと、もう見える所まできている海をめがけて1歩ずつ踏みだす。
　スニーカーのまま砂浜に足を踏みいれたから、靴の中に細かい砂が入りこんで少しだけ気持ち悪い。
「みんなどこだろう」
　浅瀬の目の前まできた私は、キョロキョロとまわりを見渡してみる。
　前もここでクラスメイトの誕生日パーティーをしたことがあるけど、そのときはクラッカーを準備して、個人のプレゼントとは別にみんなで集めたお金で少しいいものを買って、それを渡して。
　少し離れた場所にある堤防に腰かけて、みんなでシュークリームを食べたり。

そのときは30分前からここへきて準備を進めていたから、まだみんながきていないということはないはず。
　どこかへ隠れてるのかな。
「みんな、到着したよ？」
　なんてひとりでつぶやいてみるけど返事なんて返ってこなくて、私の声だけがしんみりと響く。
　誰か返事くらいしてよ、ちょっとだけ寂しいじゃん。
　そう思ってギュッと下唇を噛んで頬を膨らませた、そのとき。
「俺、なっちゃんが好きだよ」
　サァァ……っというきれいな波の音にまぎれて、私の大好きな声がたしかに聞こえた。
　呼吸が一瞬止まったかのように、息をのむ。
　……なんで？
　私は今、自分が置かれている状況も言われた言葉の意味も、なにもかもまったく理解できないでいた。
「……なっちゃん」
　振り返った先にあった目の前の光景が、大好きな人の顔が、微かにぼやけて見える。
　だって、あまりにも突然すぎるでしょ。
　足が鉛になったようにその場から動けないでいる私を見た本人は、困ったような顔をして笑いながら、
「びっくりした？」
　なんて言ってくるから。
「ばかじゃないの、今さら……」

って小さくつぶやいて、私はまぶたを伏せた。
　だって、本当にありえない。
　一度フラれた人にそんなこと言われたら、誰だってびっくりするに決まってるじゃん。
「今さらでごめんね。だけど、さっきのが俺の本当の気持ちだよ」
「う、そだぁ……」
「嘘じゃない。俺ね、ずっとずっと、なっちゃんのことが好きだったんだ」
　それなのに、きみは。
　波の音と、潮風が木を煽る音だけが微かに聞こえてくる世界の中で、私のもとへ足を進めながらさっきと同じようなニュアンスの台詞をもう一度繰り返す。
『俺、なっちゃんが好きだよ』
　急な告白に思考がうまく巡らず、頭の中が空っぽになってしまったみたいに真っ白で。
　体が硬直したみたいに、動かない。
　クラスのみんなと約束してたはずなのに、なんであおちゃんだけしかいないのか。私のことをフッたくせに、なぜ今さら告白してくるのか。
　意味のわからないことだらけで、私の頭は今にも破裂してしまいそう。
　……あ、もしかしてドッキリ？　そんなことを考えてキョロキョロまわりを見渡してみるけど、クラスメイトが出てくる気配はまったくない。

「クラスのみんなはこないよ。……なっちゃんとふたりで話したいから、なっちゃんをここへ呼びだしてほしいって俺が頼んだんだ。誕生日なのに、こんなことしてごめんね」

あおちゃんは私の考えてることに気づいたのだろう、少し悲しげに目を伏せながら、小さな声でつぶやいた。

「そんなこと……」

そんなことないと伝えようと思った瞬間、

「なっちゃんは」

私の言葉にかぶせるようにあおちゃんが言葉を放つ。

だから私はそれ以上なにも言わず、黙ってあおちゃんの言葉に耳をかたむける。

「なっちゃんはさ、俺たちが初めて出逢った日のこと、覚えてる?」

「……忘れるわけないじゃん。全部全部、覚えてるよ」

ちょっとだけ笑みをこぼしてそう言えば、あおちゃんの表情が少しだけやわらいだ。

でも、本当にそうなんだよ?

あおちゃんとの出逢いを私が忘れることなんて、きっとこの先一生ない。

あおちゃんと出逢ったことは、やっぱり私の中では特別で。そこだけは、いくらあおちゃんに告白を断られても、消すことはできない。

……あの日のことは、ずっとずっと覚えてる。

根拠はないけど、そう言いきれるような気がした。

「俺の初恋は、きっとそのとき。なっちゃんの笑顔を見た

瞬間に、幼いながらに俺は"この子が好きだな"って、そう思ったんだ」
「……なんか、恥ずかしいね」
 照れくさくなった私は、右手で少し前髪を整える仕草をした。
「実は俺も、ちょっと恥ずかしい」
 鼻を人さし指でかきながら優しく笑うあおちゃんに、私もつられて笑う。
 あおちゃんにフラれたときの涙なんて忘れちゃうくらいに、今が楽しくて楽しくて。
 しばらくあおちゃんと話していなかったから、あおちゃんとまたこうして話せていることが不思議で仕方ない。
 ぽっかりと空いていた心の穴がふさがれて、満たされていくような、そんな感じ。
 なんだかんだであおちゃんといると楽しくて、気づけば笑っている自分がいる。
 きっとあおちゃんは、私を笑顔にさせる天才なんだね。
「ねぇ、なっちゃん」
「なに？」
「俺、本当になっちゃんのことが好きだから」
 私の目を見て、やわらかく微笑むあおちゃん。
 ……うれしくて、どうにかなっちゃいそう。
 大好きな人が自分を好きになってくれて、ちゃんとこうして"好き"って伝えてくれる。
 それだけのことが、こんなにも幸せなことだったなんて

ぜんぜん知らなかった。
「……じゃあ、私たち両思い？」
「なっちゃんがまだ、俺のことを好きでいてくれてるなら」
　私とあおちゃんの想いが重なったことが、いまだに信じられないんだ。
「私も、ね。あおちゃんのこと、大好きだよ……」
　あおちゃんの瞳をしっかり見ながら、私はありったけの想いを伝える。
　ほんの少しだけ、声が震えた。
　でも、そんな私の緊張をゆっくりほぐすかのように両腕で私をギュッと包みこんだあおちゃん。
「……なっちゃん」
　耳もとでささやかれるように呼ばれた私の名前は、弱々しく揺れていて。
「あおちゃん……？」
　心配になった私は、あおちゃんの顔を見ようと両手であおちゃんの肩をグッと押す。
「……え？」
　瞳に映った光景に、私は一瞬息をすることさえ忘れた。
　だってあおちゃんが泣いていたから。
　いつもは無邪気にキラキラと輝いているあおちゃんの瞳。どんなときも私のことを優しく見つめてくれた瞳。
　その瞳が今日は涙に濡れ、瞳から流れる雫が悲しげにポタポタと砂浜に滴り落ちていく。
　砂浜の上にできた水玉模様が、私の心を苦しめた。

「あおちゃん、どうしたの?」
「……っ、なっちゃ……」
「ん……?」
　あおちゃんの泣き顔を見たのは今日が初めてで、どうしたらいいかわからず戸惑ってしまう。
「俺……」
　あおちゃんがうわごとのようにポツリとつぶやいた。
「俺、きっとね、なっちゃんを幸せにできない」
　目の前のあおちゃんは、本当に苦しそうに言葉を絞りだす。
　私の頭の中は、あおちゃんが今放った言葉でいっぱいいっぱいだった。
　心臓が、つぶれてしまいそうなくらい痛い。
　……なに、それ。
「……どういう、意味?」
「俺、心臓病でしょ?　小さい頃に手術をしたけど完全には治らなくて。……移植以外に病気を治す術がないと判断されたから、小学生のときにドナー登録したんだけど。まだドナーが見つからなくて」
「……ん」
「やっぱり、難しいみたい。何百人もいるドナー登録者から俺が選ばれるのは」
　まるですべてをあきらめたように、苦しそうに言葉を絞りだすあおちゃん。
　私はきっと今、ひどい顔をしているだろう。

「なっちゃんに対するこの想いもね、言うつもりはなかったんだ。ずっと、俺の中だけに閉じこめておくつもりだった」
「……だから、私のことを?」
「そう。だって病気の俺と付き合っても、なっちゃんは幸せになれないでしょ? どうせ俺、死んじゃうんだもん。なっちゃんの前からいなくなっちゃうんだもん」

　目の前のあおちゃんの顔が、だんだんとかすんでいく。
「大好きな人をこの世に残していくくらいなら、初めからこのままの関係でいたほうがいい。そうすればなっちゃんもつらい思いをしなくていい。……病気でいつ死ぬかわからない俺の隣になんて、いないほうがいい」

　あおちゃんはそう言って少しだけうつむくと、小さな笑みを浮かべている。

　ああ、もう無理だ。

　そう思ったときにはもう遅くて、私の瞳からは大量の涙がポタポタと流れ落ちていた。
「今まであおちゃんは、私のことをそういう目で見てたの……?」
「え……?」
「私が、"病気のあおちゃん"と接してると思ってたの? あおちゃんと仕方なく一緒にいると思ってたの……?」

　私のその言葉に、あおちゃんはハッとしたように目を見開く。

　ただ、悔しかった。

「あおちゃんは、バカだよ……」
「……」
「大バカだよ……」
　あおちゃんを好きな私の気持ちを否定されたみたいで、苦しかった。
　ねぇ、なんで？
　なんでわかってくれないの？
「私は今まで、あおちゃんを"病気だから"って目で見たことはないよ……？」
　だってね、あおちゃん。
　あおちゃんは生きてるじゃん。
　私たちと同じように息をして、毎日いろんな思いを抱えながら過ごしてるじゃん。
　たしかに、私たちに比べてあおちゃんはできることが少ないかもしれない。
"心臓病だから"って理由で、制限されていることもある。
　……でもね？
「あおちゃんは、あおちゃんじゃん……っ」
　まわりの人がなんて思おうと、私はそう思う。
　たとえ心臓病という病気をもっていたとしても、あおちゃんはあおちゃん。
　あおちゃんにどれだけできないことがあったとしても、私は気にしない。
　あおちゃんがあおちゃんだったから、私は誰よりも優しいきみのことを好きになった。

ねぇ、だから。
　自分のこと、そんなふうに思わないで。
　あおちゃんに対するこの想いまで、否定されてしまうようなこと。絶対に言わないでよ。
　あおちゃんは私たちと一緒。
　同じ世界で同じ空気を吸って、助けあって、笑いあって。
　あおちゃんは、生きてるんだよ。
　……なのに、なんで。
「ねぇ、あおちゃん……っ」
　どうして、一生懸命生きようとしないの？
　どうして、生きることをあきらめちゃうの？
「……どうして、"自分は生きる"っていう、希望をもたないの……っ」
　今日を生きたら、明日が待ってるじゃん。
　明日には、ドナーが決まってるかもしれないじゃん。
　先のことなんて、まだまだわからないでしょ？
　あおちゃんが生きる希望をもっていれば、そのときがめぐってくるかもしれない。
　今はつらくても、その先には明るい未来が待っているかもしれない。
　ねぇ、あおちゃん。私の言ってることは違う？
「……じゃあ、俺はどうすればいい？」
　涙をぬぐうこともせずあおちゃんをジッと見つめる。
　しばらくして言葉を絞りだすように話しはじめたあおちゃんが、なんだか小さく見えた。

「あお、ちゃん……？」
「一生懸命生きて、生きて、生きて。この世界にいる誰よりも頑張ったと思えるほど生きて。それでもダメだったら、俺はどうすればいいの……？」
「え……」
「ねぇ、なっちゃん。教えてよ」

　あおちゃんの瞳が、なにかにすがるように悲しげに揺れる。

　心臓がギュッと握りしめられたみたいに、ズキズキと痛む。

　やるせない気持ちに襲われて下唇を噛みしめた私を見て、あおちゃんはまた言葉の続きを押しだした。
「俺、こう見えてさ、手術とか薬とか点滴とか。小さい頃から頑張ってきたんだよ。父さんも母さんも、病院の先生も。みんなが"頑張れ"って言うから、俺なりに毎日頑張った」
「……っ」
「いつくるかわからない発作とだって、必死に闘って。みんなが楽しそうにバスケやサッカーをしているところを見て、いいなって、俺もやりたいなって思ったけど。その度に心臓に手を当ててね、考えるんだ。……この心臓が止まったら、俺は死ぬんだなって」

　……死ぬ恐怖。それは、いつもいつもあおちゃんが闘っていたもの。

　あおちゃんは少し微笑んだけど、その顔はいつもの優しい微笑みではない。

「今ここでみんなと運動して、死ぬか。それとも自分のやりたいことを我慢して、父さんや母さんのそばにいるか。そう思うと答えはひとつしかなくて。だから俺、絶対治してやるって、いつも思ってた」
「……うん」
「病気を治せば、自分のやりたいことをして死ぬこともなく、父さんと母さんのそばにもいられるから。……そう思って頑張ったのに。病気は治せなかった。この状況でさ、俺にどうしろって言うの?」

……微笑んだ表情から悔しそうな表情に変わって、私を鋭くにらみつけるあおちゃん。
「もう少し頑張れって? じゃああとどのくらい頑張ればいい? どのくらい頑張れば、俺は死ぬ恐怖から逃れられる?……そんなのもう無理だよ。これ以上、どう頑張れって言うんだよ!」

あまりのあおちゃんの迫力に、足がすくんで動かなくなる。

……初めてだった。

いつも私には優しいあおちゃんが、私にこんなに怒鳴ったのも。

こんなに冷たい視線を、私に向けたのも。

全部が初めてのことで。

だからどうすればいいのかわからなくなって、あおちゃんの気持ちを思うと胸が痛くなって。……先に視線をそらしたのは、私のほう。

そんな私の様子を気にする余裕すらないのだろう。あおちゃんは拳を握りしめながら、言葉を吐きだしつづける。
「見えもしない"明日"を信じろって？　ありもしない"未来"を思い描けって？　俺、死んじゃうのに？」
「そん、な……」
「ねぇ、なっちゃん。……なっちゃんに、俺のなにがわかるんだよ」
　あおちゃんの口から出てきたその台詞は、あおちゃんの本心そのもののような気がした。
　いつも笑ってたあおちゃんだけど、本当はこんなにもつらかったんだと初めて知った。
　……まるで、胸をやりでつかれたような痛みが私を襲う。
　苦しくて苦しくて、だけどやっと止まった涙をここでまた流すのは違う気がして、私は必死に涙を堪える。
「少し運動するだけで発作が起きて、息がしづらくなって。その度にこれが最後になるかもしれないと覚悟を決めて。いずれは病院にずっといなきゃいけなくなる。いつ発作がおきて死ぬか自分でもわからない。その恐怖が、なっちゃんにわかる？」
「……っ」
「突然、あたりまえがあたりまえじゃなくなるんだよ。なっちゃん、考えたことある？」
　目の前で顔をゆがめながら、もうどうにもならないよねとあきらめたようにふっと微笑んだあおちゃん。
　……そこまで言われて、やっと気づいた。

バカだね、私。
　あおちゃんの本当の気持ちを知ろうともせずに、"生きる希望をもて"だなんて。
　本当、無神経だよね。
「……ごめん」
　どんなに背伸びをしても、大人っぽい格好をしてみても。
　私はまだ子どもで、自分のことしか考えることができなくて。
　でも、あおちゃんの悲痛な叫びを聞いた今、わかった。
「たしかに私は病気じゃないから、あおちゃんの気持ちは全部はわからない」
　健康な私には、どう頑張ってもあおちゃんの気持ちを知ることはできないから。
「……だけどね、あおちゃん」
　私はあおちゃんの瞳をしっかりと見つめる。
「私は、あおちゃんの気持ちを知りたいって思ってるよ」
「……え？」
「あおちゃんの気持ちを知ってね、あおちゃんを支えられるように私も精一杯頑張るの。大丈夫。きっと、大丈夫だから。私がずっと、あおちゃんのそばにいるから」
　私はそう言って、目の前にいたあおちゃんの体をそっと抱きしめた。
「……ずっと？」
　自信がなさそうな小さな声でそう言いながら、私の背中にまわされたあおちゃんの両腕。

その両腕は、私にも伝わるくらい小刻みに震えていて。
あおちゃんの感じている恐怖が、私にも伝わってきて。
そんなあおちゃんの恐怖をすべて包みこむように、私はもっと強くあおちゃんの体を抱きしめた。
「そんなのあたりまえじゃん。あおちゃんが何度倒れても、私がそばにいる。あおちゃんがもう頑張れないって言うなら、それでいいから。あおちゃんが立ちどまったら、私も一緒に立ちどまって支えるから。……どんなときも、私がずっとそばにいてあげる」
「……でも、俺が俺じゃなくなるかもしれないよ？」
「それでも、そばにいる」
「なっちゃんを、泣かせちゃうかもしれないよ？」
「それでもいいの。私はあおちゃんがそばにいるだけで、何倍も強くなれるもん」
「じゃあ……っ、じゃあ……」
私の胸の中から顔をあげたあおちゃんの瞳は、少しだけ潤んでいて。
私はどんな言葉も受け止めると決めて、あおちゃんに向かって力強く〝うん〟とうなずいた。
「……俺、なっちゃんのこと、幸せにしてあげられないかもしれないよ……？」
あおちゃんは自分で言いながらつらくなったのか、もう一度私の胸に頭を預ける。
「……あおちゃん」
私はそんなあおちゃんの頭を、右手で抱えこんだ。

ねぇ、あおちゃん。

　知ってる？……私はね。

「"幸せにしてもらおう"なんて、私は思ってないよ。私だけが幸せなんて、そんなの本当の幸せじゃない」

　私の幸せはね、あおちゃんとふたりでいること。

　あおちゃんとふたりで笑うこと。

　……あおちゃんとふたりで、手を取りあいながら生きること。

「あおちゃんがいない幸せなら、私はいらないよ。だからね、あおちゃん。ふたりで幸せになろうよ」

　あおちゃんは、知らないかもしれないけど。

　私はね、あおちゃんが思ってるより、何倍も何十倍も、あおちゃんのことが大好きなんだよ。

　大好きすぎて苦しいくらい、あおちゃんのことを愛しく思ってるんだよ。

　……だからね、私も、あおちゃんを幸せにしてあげたいの。

　あおちゃんがいつも私にくれる幸せな気持ちを、今度は私があおちゃんにあげたいの。

　本当に、きみのことが大好きなんだよ。

「……なっちゃん、ありがとう」

　あおちゃんの瞳が島の夕日に照らされて、またいちだんときらきらと輝きだした。

　目に光るその涙は、うれし涙だって思ってもいいよね？

「なっちゃんが大好きだよ。俺と付き合ってください」

　ずっと待っていたその言葉に、私はとびきりの笑顔でう

なずいた。
　あおちゃんはそんな私を見て、笑いながら泣いた。
　ううん、泣きながら笑った、かな？
　私はあおちゃんの笑顔を見ながら思う。
"もう大丈夫だね"って。
　あおちゃんを見てそっと微笑むと、あおちゃんも同じように微笑み返してくれた。
　私に足りなかったものは、"その人の気持ちになって考えてみること"で。
　ただ、それだけ。
　明日突然に命の終わりを迎えてしまうかもしれないとか、もう二度と大切な人に会えなくなるかもしれないとか。
　今まで、そんなことを考えたこともなかった。
　ううん、考えようともしなかった。
　だって私にとっては、命があることも、毎日大切な人たちに会えることも、あたりまえだと思ってたから。
　でもね、あおちゃんが教えてくれたよ。
　このあたりまえがあたりまえじゃなくなることは、とても怖いことなんだって。
　……ごめんね、あおちゃん。
　今までずっとそばにいながら、あおちゃんの抱える恐怖や不安、そんな思いに気づいてあげられなくて。
　本当にごめんなさい。
　でもね、これからは私がそばで支えるから。
　あおちゃんが苦しいとき、つらいとき、泣きたいとき。

私がずっと、そばにいるから。
　だから、あおちゃんは笑ってて？
　いつまでも私をその優しい笑顔で照らしてね。
「なっちゃん。毎年、こうしてお互いの誕生日をお祝いしよっか」
「お祝い？」
「うん。毎年毎年、誕生日がきて大きくなれたら、お祝いするんだ。そしたらね、俺がまた1年頑張って生きた、ってことになるでしょ？」
　あおちゃんはそう言って、私の目を見てにこっと笑った。
「……そうだね。……うん、そうしよう。毎年、お互いの誕生日をお祝いしようね」
「うん、約束だよ」
　私たちはこの日、広大な海に見守られながらひとつの約束を交わした。
"毎年、お互いの誕生日にはここで誕生日パーティーをする"っていう、約束を。
　私とあおちゃん。
　これからもずーっとふたりで一緒に成長できたらいいなって、そう心から願った14歳の春——。

誓い

　あの約束の日から月日は過ぎ、私たちは中学生最後の年、3年生の夏を迎えていた。
「暑いなぁ……」
　ギラギラと燃えるような太陽が照りつける7月の上旬。
　そういえば、今朝、いつも見ているお天気コーナーのお姉さんが言ってた気がする。
『本日の最高気温は30度前後で、非常に暑い一日になるでしょう』
　って。
「……はぁ」
　今でも溶けちゃいそうなくらい暑いのに、これからもっともっと暑くなっていくんだよね。
　……イヤだなあ。
　正直言えば、小さな頃から夏はあまり好きじゃない。
　だってね、暑いし、汗がたくさん出てきちゃうし、ちょっと動いただけで無駄に体力消費しちゃうし。
　おまけに、蚊に刺されちゃうし。
　夏は海水浴とかお祭りとか楽しい行事も多いけど、やっぱりこの夏の暑さや蚊は苦手だよ。
　……あ、でもね。
　夏は好きじゃないけど、この島の夏の海は好き。
　今だって私の目の前に広がる海は、太陽に照らされてキ

ラキラと輝いていて。
　まるで、海の上に浮かぶ宝石のように、すっごくきれいなんだもん。
「なったーん」
　海の宝石箱に見とれてしばらくうっとりしていると、聞き慣れた無邪気な声が私の耳に届く。
　ふふっ、本当に私のこと大好きだよね。
　私は振りむくより先に、そっと頬を緩めた。
「なったん、なったん」
　私のことを"なったん"なんて呼ぶのは私が知る中でただひとり、あの子だけ。
「ねぇ、なーったん」
　だんだんと大きくなっていくその声にこたえるように、ゆっくりうしろを振り返る。
　私の視界に、楽しそうに笑いながらこっちへ向かって走ってくる女の子が映った。
「なったん、なにしてるのー？」
　そう言いながら私の隣に並んだあおちゃんの妹、小学6年生の結衣ちゃんは、私のほうを見てまた笑う。
「結衣ちゃん、また可愛くなったね」
「もう、なったんいつもそればっか。結衣そんなに可愛くないよ？」
　なんて、頬を膨らませる結衣ちゃんがやっぱり可愛くて、思わず笑っちゃう。
「可愛い可愛い。それにしても、結衣ちゃんはいつまで私

のことなったんって呼ぶの？」
　私が笑って聞けば、結衣ちゃんは、
「えー、だってね、小さい頃からなったんって呼んでたからなんか癖が抜けないんだよね。今さら変えるのも違和感でさ。……いいじゃん？　結衣がそう呼びたいの！」
　っていたずらっぽい笑顔を浮かべる。
　まるで、ひまわりのような結衣ちゃんの笑顔。
　結衣ちゃんが笑っているところを見ているだけでこっちまで笑顔になれちゃう。
　くりくり二重の目をキュッと細めて笑うその笑顔が、あおちゃんとそっくりだなってそう思った。
「あ、お父さんとお母さんだ」
　結衣ちゃんが少し離れた場所を指さすと、その動作にあわせて白いワンピースの裾がひらひらと揺れる。
「本当だね。それに私のお母さんたちもいる」
「碧お兄ちゃんもいるじゃん」
「結衣ちゃんのお家のわんちゃんもいるね」
　私は結衣ちゃんを見てにこっと微笑みながら。
　すると、結衣ちゃんも微笑む。
「みんないるね」
　って、楽しそうにクスクス笑った。
　結衣ちゃんももう６年生になったけど、こういうところはまだまだ子どもだなあ。
　そう、今日は私たち家族とあおちゃんたち家族そろってのバーベキューで、毎年、この時期に海辺でやってるんだ。

今年は私もあおちゃんも受験生で、毎日受験勉強を頑張ってるから、今日はその息抜きも兼ねて。
　いいお肉を買って去年よりも豪勢なバーベキュー。
　それにしても、本当にみんな勢ぞろいだね。
「結衣、お肉いっぱい食べるんだ。それでね、今よりもっと大きくなる」
「ふふっ、結衣ちゃん、クラスの中ではちっちゃいほうだもんね？」
「そうなの、6年生にもなって背の順は一番前だから……いっぱい食べて大きくなるんだ。いつかは絶対なったんも抜かすんだからねっ」
　得意げに鼻をならすと、私を見上げる結衣ちゃん。
　そんなことしても可愛いだけなのにな。
　兄弟姉妹がいない私にとっては、"結衣ちゃん"という存在はとても大きなもので。
　妹がいるってこんな感じなのかなあって、結衣ちゃんと話すときはいつもそう思う。
　憎まれ口さえ可愛いなって、好きだなって思えるんだ。
「おーい、菜摘、結衣ちゃん。日なたは暑いだろう。このパラソルの下に入ってなさい」
　離れた場所から聞こえてきた声に顔を上げると、私のお父さんがこっちこっちと手招きをしている。
　どうやら、私たちのために砂浜にパラソルをたててくれたみたい。
　こんなにも暑い中、せっせとパラソルをたててくれたお

父さんに、さすが私のお父さんだねって面と向かって言えないことを心の中でつぶやく。
　あまり口数の多くないお父さんだけど、私のためにこうして一生懸命動いてくれる、そんなお父さんの不器用な優しさが私は大好きなんだ。
「ありがとう、お父さん」
　お父さんに向かってそう笑顔を見せると、お父さんは微笑んでうなずいてくれた。
　私は結衣ちゃんに声をかけると、お父さんがたててくれたパラソルの下にぐいっと入りこむ。
　スゥーッと深呼吸をすると、ほんの一瞬だけ暑さが体から逃げていった気がした。
「なっちゃん」
　それからしばらくパラソルの下で涼んでいると、頭上からあおちゃんの声が聞こえてきた。
「なあに？」
　と私は顔を真上に向けた。
　そしたらあおちゃんは急に驚いた顔に変わって、なぜか慌ててる。
「なっちゃん、顔真っ赤だよ？　暑いんじゃない!?」
「え……？」
　そう言われて自分で頬を触ってみると、……本当だ。いつもより少し熱く感じる。
「早くこれで冷やしなよ」
　手渡されたのは、アイスボックスに入れられていたおか

げできんきんに冷えたオレンジジュース。
「ありがとう、あおちゃん」
　私は缶ジュースを受けとったあと、すぐに熱くなった頬にあてた。
「うわぁ、冷たくて気持ちいい」
　さっきまで心配そうな顔をしていたあおちゃんも、私の行動の速さに驚いたのか、クスクス笑ってる。

「どう？　気持ちいい？」
「うん。なんかね、体から暑さが逃げていくみたい」
「そっか、よかった」
　私が"ありがとう"ってお礼を言うと、あおちゃんは"どういたしまして"って目を細めて笑った。
「結衣も、これどうぞ。熱中症にならないように飲みなよ」
「わ、ありがとう。お兄ちゃん」
　結衣ちゃんもあおちゃんからオレンジジュースを受けとると、頬にあてて気持ちよさそうに目を瞑った。
　そんな結衣ちゃんを見てふっと頬を緩めると、私は自分の缶に手をかけた。
「んー冷たっ、おいしい」
　きんきんに冷えたオレンジジュースで喉を潤す。
　毎年、夏がくるたびに思うんだけど、やっぱり暑い日に飲む冷たいジュースは最高だよね。
　一瞬、今が夏だってことを忘れられるし。
「ねぇ、あおちゃんも………」

"あおちゃんも、これ飲む？"

そう言おうとして隣に目を向けると、あおちゃんも私を見ていたみたいで、バッチリと目が合っちゃった。
「……っ、あ……ごめん」

なんだかそれが無性に恥ずかしく感じて、私はわかりやすく目をそらしてしまう。

あおちゃんの向こうにいる結衣ちゃんが少しだけ微笑んだから、結衣ちゃんにはわかっていたのかもしれない。

私たちが、どういう関係なのか。

……もう、やだ。

これじゃあ私、すごくあおちゃんのこと意識してるみたいじゃん。恥ずかしい。

私がひとりで尋常じゃないくらいの心臓のドキドキと戦っていると、
「ふふっ、なんかふたりとも、結婚したての夫婦みたいね」
「ええ。でもそれを言うなら、夫婦より付き合ったばかりのカップルじゃない？」
「あら、いいわね。可愛らしい」

っていうお母さんたちの声が横から聞こえてきて、"カップル"という言葉に反応しちゃった私は思わず顔をパッと上げた。

さらに心臓の鼓動が速くなる。
「あらっ、菜摘ちゃんがわかりやすく反応してるじゃない」
「ええ？　お宅の碧くんの肩がちょっとピクッとしてたわよ」

「まさか、このふたり、本当にお付き合いしてたりしてね」
　——ギクッ。
　そんなことを言われたら、また少しだけ体が反応してしまう。あおちゃんが今どんな顔をしているのかわからないけど、きっと私と同じようにギクリとしているんじゃないのかなと思った。
　……でも、そうだよね。
　私とあおちゃん、ふたりが付き合ってること。まだお母さんたちに言ってないんだよね。
　なんていうか、お母さんたちにこのことを言うのは恥ずかしいし。
　でも、あおちゃんと付き合ってから、もう１年以上もたってるのに、今まで気づかれなかったのは、きっと私とあおちゃんがなにも変わらなかったから。
　一緒に登下校したり、ふたりきりで遊んだり。たまにどちらかの家にお泊まりをしたり。
　そんなことは、あおちゃんと付き合う前もあたりまえのようにしてたもんね。
　だからきっと、お母さんたちはなんにも怪しまなかったんだと思う。
　……でも、お父さんやお母さんは私の大切な家族。
　あおちゃんのお父さんとお母さんにだって小さな頃からたくさんお世話になってきたから、私にとっては自分の家族と同じくらい大切で。
　だからこそ言ったほうがいいのかな、私とあおちゃんが

付き合ってることを。
　なんて私が密かに思いはじめたとき。
「……き……ってる、よ」
　私の隣にいたあおちゃんが、なにか小さくつぶやいた。
　声が本当に小さくて、あまりわからなかったけど。
「え？」
　それはあおちゃんのお母さんと私のお母さんも同じみたいで、あおちゃんがなにを言ったのかやっぱりわからなかったみたい。
　ふたりはわかりやすく不思議そうな顔をする。
「だから……っ」
　必死に絞りだすように言ったあおちゃんの顔は、熱でもあるんじゃないの？ってくらいに真っ赤になっていて。
　熱中症になったんじゃないの？　しんどいのかな、大丈夫かな。
　いろんなことが不安になった私は、そーっとあおちゃんの肩に触れる。
「あおちゃん……？　大丈夫？」
　そう声をかけたのとほぼ同時に、あおちゃんが、
「違う」
　と今度ははっきり声をあげた。
「え？」
　私は目を丸くして、あおちゃんの肩に触れた手を思わず引っこめた。
「つき、あってる」

「……へ？」
「俺となっちゃん、中２のときから付き合ってるんだ」
　私の頭の中が、今、あおちゃんが放った言葉で埋めつくされていく。
　あおちゃん、言ってくれたよね……？
　私と付き合ってるって、そう言ってくれたよね？
「俺、小さい頃からずっとずっと、なっちゃんが好きだったから」
　まさかあおちゃんからそんなことを言ってくれるとは思ってなくて、今起きていることが信じられなくなった私は自分の左手で頬をつねってみるけど、ちゃんと痛みを感じる。
　真剣なあおちゃんの顔が、なんだか知らない人のように思えた。
「本当、なの……？」
　その声に顔を上げてお母さんたちを見れば、ふたりとも口をポカンと開けて、信じられないって顔をしてる。
　あたりまえだよね。
　今まで、そんな素振りはまったくみせてなかったんだから。
「本当だよ。俺、世界で一番なっちゃんが好き。きっと誰よりも、なっちゃんを好きな気持ちは負けない」
「あお、ちゃ……っ」
　お母さんたちのほうを見る真剣な横顔に、あおちゃんに触れてる右手がジンジンと甘くうずいてどうしようもなく

て、とっても恥ずかしくて。
　だけど、お母さんたちの前でこんなにも堂々と"なっちゃんが好き"って言ってくれたことが、とてもうれしくて。
「……私も」
　ちゃんと伝えなきゃと思った。
　こんなにも私のことを大切に、まっすぐに想ってくれる人は、きっとあおちゃんしかいない。
　だから、その想いに私もこたえたい。
　まっすぐ気持ちを伝えてくれた大好きなあおちゃんに。
　自分の声で、自分の言葉で、自分のありのままの想いをきみに伝えたいんだ。
「私も、あおちゃんが好き」
　今までのどの場面よりも何倍も恥ずかしくて、自分の心臓がどうにかなっちゃいそうだったけど、でも。
　それと同じくらい。ううん、それの何十倍も、何百倍も。
　きみへの好きを、もっともっと強く知ることができたような気がした。
「なっちゃんのお母さん」
　真剣なあおちゃんの声が、私の耳にまっすぐ届く。
「俺が」
　まるでいつもの優しい顔のあおちゃんとは別人のように凛(りん)としたあおちゃんの瞳が、私を視界に捕(と)らえる。
　そしてその瞳が私からスッと離れたかと思えば、
「俺が20歳になったら、なっちゃんをお嫁さんにください」
　きみのとてもまっすぐな横顔が、私の瞳に映しだされた。

凛々しくて、まぶしくて、それでいてとてもかっこよくて。
　あおちゃんの横顔がだんだんとにじんでくる。
　……ああ、私、泣いてるんだね。
　そう理解したときにはもう遅くて、私の瞳からはポロポロとたくさんの涙があふれでていた。
　でもね、この涙は、悲しいから出てるんじゃない。
　あおちゃんの想いがうれしいから、泣いてるんだよ。
「……碧くん」
　ダムが決壊したように次々とあふれでる涙を必死にぬぐって顔を上げれば、私たちを見て優しく微笑んでいるふたりの"お母さん"。
　その温かい笑顔が、また私の涙を誘う。
「菜摘を、幸せにしてやってね」
　私のお母さんが優しく笑って、あおちゃんに向かって言った。
「はい、約束します」
「菜摘はね、とてもわがままだし、強情なところもある。でも、親の私が言うのもなんだけど、菜摘は誰よりも優しい心をもってる、とってもいい子なの」
「……はい」
「だからね、菜摘のこと、信じてやってね。どんなときでも菜摘はきっと、碧くんの支えになってあげられると思うから」
　隣で、あおちゃんがこみあげるなにかに耐えるように

グッとうつむいたのがわかって、私も止まらない涙と嗚咽を抑えるのに精一杯だった。
「碧、菜摘ちゃんを大切にするのよ」
「うん、約束する」
「……生きるの。碧は、生きるのよ。菜摘ちゃんを悲しませるなんて、母さんが絶対許さないんだから。あなたは生きて、菜摘ちゃんと幸せになりなさい」
「……ん。俺、生きるよ。生きて、なっちゃんとずっと一緒にいる。俺が、なっちゃんを幸せにしてみせる」
「……うん…っ、よく言った、碧。それでこそ、母さんの自慢の息子ね……っ」
 あおちゃんのお母さんは顔をぐしゃぐしゃに歪めながら泣いていて、小刻みに震える右手であおちゃんの頭をくしゃっとなでた。
「菜摘ちゃんも、碧のことよろしくね」
 そう言って涙ながらに微笑むあおちゃんのお母さんの笑顔がとてもきれいで、優しくて。
 私はその言葉をしっかりと胸に刻みこんで、力強くうなずいた。
 そしてこのとき、私は初めて気づいたんだ。
 あおちゃんが言った言葉の本当の意味に。
"俺が20歳になったら、なっちゃんをお嫁さんにください"
 きみが私に言ってくれたこの言葉の中に、20歳という言葉があったよね。
 さっきはうれしくて舞いあがってて気づかなかったけ

ど、そこには。
"20歳まで生きてやる"っていう、きみの強い意志がこめられていたんだね。

　……でもね、あおちゃん。

　私がこんなことを言っていいわけがないことはわかってるけど。あえて、言わせてほしいんだ。

　あおちゃんは、きっと大丈夫。

　あおちゃんは絶対、20歳まで生きる。

　ううん、違う。

　あおちゃんはね、20歳を超えても、ずっと生きる。

　私はあおちゃんがいないとダメなんだから。

　これから先ずっと、今までと同じように。あおちゃんは私の隣で笑って、毎日を過ごしていくの。

　そうして毎日が積み重なって、いつかあおちゃんが20歳になって、30歳になって。おじいちゃんになって。そんな日がくればいい。

　少なくとも、私の描く未来には太陽のように笑うあおちゃんがいるから。

　ふたりの未来は、この海のように私を包んでくれるきみの優しさであふれてるから。

　絵空事だと言われてもいい。ありえないと思われたっていい。

　だけど私は、きみとの未来を信じてる。

　だからきっと、大丈夫だよ。

すっかり日が暮れて、海の向こう側にはぼんやりと夕日が揺れている。
　私とあおちゃんはふたりで肩を寄せあいながら、何気ない会話を楽しんでいた。
「それにしても、お父さんたちびっくりしてたね」
「本当だね。なっちゃんのお父さんなんて、腰抜かしてたじゃん」
「ははっ、私もそれには慌てちゃったよ」
　ふたりが付き合ってることを、お母さんたちにあかしたあのとき、お父さんたちはバーベキューの材料の買い出しでいなかった。
　だからお父さんたちが大きな買い物袋を抱えて砂浜に戻ってきたあと、私たちはもう一度だけふたりが付き合ってるということを伝えたんだ。
　私としてはお父さんにその事実を告げるのがちょっぴり恥ずかしかったんだけど、でもあおちゃんがずっと隣にいてくれたから。
　だからね、ちゃんとお父さんにまっすぐ向きあって話すことができたんだ。
"あおちゃんが好きなの"って、"付き合ってるんだ"って。
　それを聞いた私のお父さんは一度咳こんだかと思えば、いつもはキリッと上がっている眉毛をへにゃっと下げて、腰を抜かしちゃったんだよね。
　よっぽどびっくりさせちゃったのかな。
　……あ、でもね。

私のお父さんとは反対に、あおちゃんのお父さんは私の頭を優しくなでて、
『うちの碧をよろしくね』
　って微笑みながら言ってくれたんだ。
　最後は私のお父さんも、ちょっとだけ寂しそうな顔をしながらも。
『……おめでとう』
　って少し笑ってくれて、私はなんだか温かい気持ちになって。
　みんなの笑顔を見ながら、幸せだなあって心から思った。
　そしてそのとき、私は少しだけね、みんながひとつの家族になれたような気がしたんだ。
　私の家族とあおちゃんの家族。
　ふたつの家族が、ひとつの家族に。
　そのことがとてもうれしくて、私は微笑みを隠すようにそっとうつむいた。
「ねぇ、なっちゃん」
　さっきまでの出来事を思い出しながら、うれしいようなくすぐったいような、なんともいえない気持ちに浸っていると、隣に座っていたあおちゃんが私の名前を呼んだ。
　私はあおちゃんのほうを向いて、どうしたの？という意味をこめて首をかしげる。
「俺ね、なっちゃんのこと、本当に大好きなんだ」
「……え？」
「嘘じゃないよ。本気で好き」

「……っ、もう、急になに言ってんの」

あまりにも真剣な顔だったから、なにを言いだすのかと思ってそわそわしてたら。

あおちゃんは、もう一度私が好きだと言ってくれる。

急な告白に、私の顔に熱が集まって熱くなった。

……どうしてあおちゃんは、そんなに恥ずかしいことを平気な顔で言えるんだろう。

好きな人に好きだと言うことは、とっても勇気のいることなのに。

私にとって、あおちゃんに"好き"って言うことはすごく大変なことで、あおちゃんの顔を見るだけでいっぱいいっぱいになっちゃうのに。

なんであおちゃんはそんなにスラスラと私のことが好きだと言えるんだろうと思ったけど、……でも。

あおちゃんが余裕そうに見えるのは、私の勘違いなのかもしれないね。

だって、あおちゃんの手もとに目を移せば、その手はわかりやすく小刻みに震えていて。

……もしかしてあおちゃんも緊張してるの？

私があおちゃんにドキドキするように、私とこうして一緒にいる瞬間、あおちゃんもちゃんと、ドキドキしてくれてるの？

もしそうだったら、泣きそうなくらいうれしいのにな。

そんな気持ちを抱きながらもう一度あおちゃんに目を向ければ、あおちゃんは私の瞳をまっすぐ見つめてきた。

いつもは笑うと可愛らしいあおちゃんの顔つきが男らしい顔つきに変わって、あおちゃんのその表情に私は思わず見とれてしまう。
　きっと大切な話だと直感で感じた。
「なっちゃん。今から俺が言うこと、嘘じゃないから。全部俺の本当の気持ちだからね」
「……うん」
「だからなっちゃんも、俺に流されないで、自分でよく考えてみて」
「……ん」
　あおちゃんは少しうつむいて、その場で小さく深呼吸をしたかと思うと、私の手をそっと握って。
「俺は、なっちゃんと結婚したい」
　こっちがどぎまぎと緊張してしまいそうなほど、真剣な表情でそう言いきった。
　その瞬間、言葉では言いあらわせないほどの感情が胸にグッとこみあげてくる。
　目もとがジワジワとあつくなった。
　そして次の瞬間、私の頬に流れたのはとめどなくあふれる大量の涙。
「……なっちゃん？」
　不安そうなきみの声が聞こえる。
　だけど、あおちゃん。そんなに不安にならないでよ。
　私はあおちゃんの不安をひとつひとつ取りのぞくように、隣にいたあおちゃんの体にギューッと抱きついた。

……絶対に、この温もりを失いたくない。そんな思いがじわじわとこみあげてくる。
　きみのことがね、私は本当に。
「好き」
「え？」
「大好き」
「……なっちゃん？」
「……好き、なの……っ」
　大好き、大好き、大好き。
　涙と同時にこぼれ落ちたのは、きみへの大きすぎる想い。
　あおちゃんが本当に大好きなの。
「……っ、好き」
　涙が頬を伝う。ただ訳もわからず"好き"を繰り返す私。
　そんな私を、あおちゃんは大きく包み込んでくれる。
「ねぇ……っ、あおちゃん……」
　何度も言うけどね、心の底からきみのことが大好き。
　どんな言葉にも変えられないくらいに、あおちゃんのことが好きで仕方ないの。
　だから、ねぇ……私の前から、いなくならないでよ。
「生きて……っ」
　お願いだから、生きて。私のそばにいてよ。
　そこまで考えて、私は下唇を噛みしめた。
　……っ、ダメだ。
　こんなんじゃ、あおちゃんを支えられない。
　私が泣いたらダメなのに。

私は、あおちゃんが泣ける場所にならなくちゃいけないのに。
　……どうしたらいいの？
　自分でも気づかない間に、どんどん弱虫になっちゃう。
　あおちゃんを好きになるたびに、あおちゃんと同じ時間を過ごすたびに。
　私は強くなるどころか、ものすごく弱虫になっちゃうよ。
　……だってね、いつかはこの幸せがなくなっちゃうかもしれない。
　私はひとりぼっちになっちゃうかもしれない。
　あおちゃんが生きてる。
　今この瞬間、私の隣にいて、抱きしめあって、お互いに好きと言って。私の隣で一緒に生きてる。
　そんなあたりまえが、跡形もなく消えちゃうかもしれない。
　……考えたくもないのに、どうしてもそう思ってしまう。
"生きる希望をもって"
　あの日、あおちゃんにそう言ったのは、ほかの誰でもなく私なのに、これじゃあ前と立場が逆だ。
　今日のお昼までは、ちゃんと信じることができていたのに。
　あおちゃんがいる未来を、あおちゃんが生きる明日を。
　信じていた、はずだったのに。
　きみの温もりにこうして触れてしまうと、その温もりが消えてしまう日を想像してしまって胸が苦しいんだ。

「……俺が死ぬのが、怖い？」

　優しい笑みを浮かべて、あおちゃんがポツリとつぶやいた。

　その声色が少しだけ切なげに震えて、私の胸がキュッと痛くなる。

　ダメだって必死に自分に言い聞かせているのに、体がまったく言うことを聞いてくれない。

　気づけば、私はその問いにコクンとうなずいていた。

　……バカ。なんで、なんで……っ、うなずいちゃうの。

　これだけは、絶対認めたくなかったのに。

"あおちゃんが死んじゃうかもしれない"

　ということだけは、どんなことがあっても認めたくなかった。

　いくらまわりがなんて言おうと、私だけはきみの明日を信じてあげたかったのに。

　だけど、本当に怖かったんだ。

　きみがいなくなることが、きみの笑顔が消えてしまうことが。

　その恐怖や不安は、きみの大きな愛や優しさに触れるたびにどんどん大きくなっていって、私の心を蝕んでいく。

「俺……」

　私を抱きしめているあおちゃんの腕に、ギュッと力がこもった。

「俺、死なないよ？」

　あおちゃんにこんなことを言わせたかったわけじゃな

い。自分の弱さや情けなさが、嫌になるけど。
「……っ、く……」
　止まらない涙を必死にぬぐう私に向かって、
「なっちゃんが俺を好きでいてくれる限り、絶対死なない。というか、死ねないよ」
　あおちゃんは少しだけ微笑む。
「こんなに俺のことを想ってくれる人なんて、きっとなっちゃんしかいないもん。それに、俺がこんなにも愛しいと思うのも、なっちゃんだけ」
「……っ」
「そんな大切な人を残して、死ぬわけにはいかないでしょ。ね？」
　あおちゃんのくれた言葉が、私の心をスゥーッと満たしてくれる。
　こんなにも素敵な人を好きになれてよかったと、そう思うと涙がまたあふれた。
「生きる。俺は、生きてみせる。それでね、なっちゃんをずっと守るんだ」
　水晶玉のようにきれいなあおちゃんの瞳に、私の泣き顔が映る。
　なんて顔して泣いてるんだろう。こんな顔をあおちゃんに見せてるんだ、恥ずかしい。
　……そう思ったそのとき、
「なっちゃんの笑顔も泣き顔も、全部好きだから。これからも、俺だけのなっちゃんでいて？」

そんなきみの声が聞こえた。

……っ、それって。

「なっちゃん、あらためて。20歳になったら俺と結婚してください」

真剣な瞳と、そのあとに見せた照れくさそうな顔。

まだまだ幼いきみの精一杯のプロポーズに、私の胸はドキッと高鳴る。

そして私は、きみに向かって首が取れそうなほど何度も何度もうなずいたんだ。

だって私も、きみと結婚したいと思ったから。

これからも私だけのあおちゃんでいてほしい。

あおちゃんのそばにいるのは、ほかの子じゃなくて私がいい。

「もう、泣き虫だなぁ。なっちゃんは」

……ねぇ、こんなにも幸せでいいのかな。

世界中の幸せを全部私がもらっちゃったみたい。

「だって……っ、うれしくて……」

「……なっちゃんはやっぱり、きれいだね。心まできれい」

「……っ、本当にうれしいの」

「ははっ、また泣いてる。じゃあそんな泣き虫ななっちゃんに、俺がおまじないをかけてあげるよ」

「……え？」

優しい声が聞こえて、不思議に思ってうつむいていた顔をあげると、急に近づくあおちゃんの端整な顔。

驚いた私は思わず目をきつく閉じた。

そしたら、額になにかやわらかいものが触れる感触。
　温かくて、ふわふわしてて……。
「……っ」
　しばらくして、それがあおちゃんの唇だとわかった。
　……どうしよう。おでこにキスなんて初めてだから、ものすごく恥ずかしい。
　あおちゃんの唇が触れた場所がうずく。
「……ほら、涙止まったでしょ？」
　きっと赤くなってるだろう私の顔を下からのぞきこみながら、あおちゃんはにこっと口もとを緩める。
　……むぅ、なんか悔しいんだけど。私もあおちゃんのことドキドキさせたい。
　だから私も、仕返しのつもりであおちゃんの頬に自分の唇を押しあてた。
　そしたら今度は、あおちゃんの頬が真っ赤になって。
「夕日のせいだからね……っ」
「ゆ、夕日のせいだよ……っ」
　そんな私たちの声が、夕焼け空の下で重なった。

　──だけど、神様はとことん私たちにいじわるだったね。
　今日の約束を聞いていたくせに、私がどれだけあおちゃんといる時間に幸せを感じていたか知ってるくせに。
　ふたりの幸せな時間を、そう長くは続けさせてくれなかった。
　いろんな葛藤を乗りこえて、やっと"未来"へ向けて歩

みだした私とあおちゃんの決意を踏みにじるように、その出来事は音もなく訪れたんだ。

こぼれる涙

　たった今、私たちは授業を受けていたはず。
　だって目の前の机の上には、数学の教科書とたくさんの数式が解かれたノートがあるから。
　……なのに、今、私の目の前に広がっているのは、とてもじゃないけど信じられない光景で。
　座っていたイスからぐらりと転げおち、胸を押さえて苦しそうな呼吸を繰り返すあおちゃん。
　それを見て、キャーキャーとざわめきたつクラスメイトたち。
　担任の先生は、見たこともないくらい真っ青な顔をして保健室の先生を呼びに教室から飛びだした。
　私も自分の目を疑った。今、目の前に起きていることが、理解できなかった。
「ヒュー……ヒュー……」
　その独特の呼吸音が耳に残って、思わず耳を塞いでしまいたくなる。
　とにかくあおちゃんを今すぐ助けなくちゃ。
　恐怖と不安が入り混じってガタガタと震える足をなんとか奮いたたせ、私はあおちゃんのそばへ行く。
　そして、胸を押さえて息苦しさに顔を歪めているあおちゃんの横にそっとしゃがみこんだ。
「あおちゃん？　大丈夫だよ……」

「こほっ……ヒュー……」
「私がいるから。ずっといるからね」
　そう言って、あおちゃんの背中を優しくさすってあげる。
「ヒュー…、な、ちゃ……っ、こほっ…」
　しゃべれないくらい苦しいはずなのに、あおちゃんは今にも消えてしまいそうなくらいか細い声で私の名前を呼ぶ。
「……っ、だ、いじょうぶだよ……」
「もうしゃべらなくていいから、ね？」
「ね、な……ちゃん……」
　私に心配かけないように話そうとしてくれているあおちゃんの気持ちもわかるけど、つらいでしょ？
　だからもう、しゃべらなくていい。
「うん、大丈夫。だから、もうしゃべらなくて大丈夫だよ……っ」
　少し強い口調で言えば、あおちゃんは私の気持ちを察してくれたのか、口もとにふわりとやわらかい笑みを浮かべた。
　あおちゃんの唇が、なにかを伝えようとゆっくり動く。
"ありがとう"
　あおちゃんはたしかにそう言った。
　こんなときでさえ優しいきみの言葉に、涙があふれて止まらなくなった。
　胸が張りさけそうなくらい痛くて、でも、私にはどうしようもできない。

もう一度あおちゃんの背中に手を添えて優しくなでる。
あおちゃんの苦しみを緩和するために、これくらいのことしかできない自分の無力さにものすごく腹が立った。
「碧、頑張れ、大丈夫だぞ！」
「碧くん、私たちがついてるからね」
「菜摘ちゃん、私たちにできることなにかある？」
あおちゃんの病気を知らないクラスメイトの子たちも、必死にあおちゃんを励まそうとしてくれていて。
こんなときなのに、このクラスのメンバーでよかったと、私はいい同級生にめぐりあえたんだなと思った。
「あおちゃん、みんながいるよ。あおちゃんはひとりじゃない。だから、頑張れ……っ」
どうか、どうかあおちゃんが助かりますように。
大事に至ることがありませんように。
そう必死に願いながら、私はあおちゃんに向かってそう声をかけつづけた。
それから少したって、顔色を変えた先生たちが教室に入ってきて、あおちゃんは担架にのせられて。
「それじゃあ、行きましょう。みんなは自習しててください。碧くんは大丈夫ですからね」
先生はみんなを安心させるようにそう言うと、担架にのせられたあおちゃんは教室の外へ連れていかれた。
先生たちが慌ただしく教室から出ていった数分後には、救急車のサイレンの音が聞こえてきたから、きっとあおちゃんは病院に搬送されたんだと思う。

……大丈夫なのかな、あおちゃん。

私の心の中で不安と恐怖が大きくふくらみつづける。

その日は、自分が学校でどうしていたのかはぼんやりとしか覚えていない。

気づけば、帰りの会が終わっていて、私はお父さんの車に乗せられてあおちゃんのいる病院へと向かっていた。

——コンコン。

午後5時を少し過ぎた頃、私たちはようやく病院に着いた。

事前にあおちゃんの家族から教えてもらっていた病室の前で"高岡碧"と書かれたプレートを確認し、そのドアをお父さんがノックする。

「あれ……？ いないのか？」

でも、あおちゃんのお父さんやお母さんが出てくる気配はぜんぜんなくて、いても立ってもいられなくなった私は、お父さんを押しのけドアに手をかけた。

「こら、菜摘、勝手に開けないの！」

私の身勝手な行動を叱るお母さんの声が聞こえたけど、今はそんなことどうでもいいと思うぐらい、私は必死だった。

一秒でも早くあおちゃんに会わせてよ。

ドアをガラガラッと開けて病室の中をのぞきこむと、ひとり部屋の中央のベッドに眠っているあおちゃんがいた。

あ、寝てるんだ……。

あおちゃんの姿を目にした私は、静かに胸をなでおろす。
　ベッドの近くまで音をたてないように歩みよると、私はスヤスヤと眠っているあおちゃんの顔をジッと眺めた。
「よかった……」
　ベッドで眠るあおちゃんは、倒れたときのように苦しそうな顔はしていない。
　腕に刺された点滴の針がとても痛々しく思えたけど、あおちゃんが苦しそうじゃなくて本当によかった。
　あおちゃんの頬にそっと触れると、なんだか胸が温かいような苦しいような、不思議な気持ちになった。
「碧くんのご家族はきっと、先生のところでお話を聞いてるのね」
「……お話？」
「そうよ。今の碧くんの病状はどうなのかとか、いつ退院できるのかとか。そんなことの説明を受けてるんだと思う」
「……そっか」
　お母さんの言葉に、私はひと言だけそう返事をして。
「ねえ、お父さん、お母さん。……ホッとしたら、トイレに行きたくなっちゃった」
　そう言って、少しだけ笑う。
「そうか。菜摘も菜摘なりに、碧くんのこと心配してたんだもんな」
「ひとりで大丈夫よね？　お手洗いの場所わかる？」
　ふたりの言葉に、私は首を縦に振った。
「お母さんってば、私もう中３だよ？　この病院にもきた

ことあるからわかるし、トイレもひとりで行けるよ」
　笑ってそう言うと、そうね、とお母さんもクスリと笑った。
　私はひとりであおちゃんの病室を出た。
　誰もいない静かな廊下に、私の足音と遠くからワゴンが走る音が響く。
「……あ、あった。たしかここの部屋だったよね」
　あおちゃんの病室を出て右にある、長い廊下。その廊下を少し歩けば、ナースステーション。
　そしてそれよりさらに進み、一番奥の角にある小さな部屋へと向かった。
　ドアに近づきこっそりと耳を澄ますと、私の予想したとおり、部屋の中からはあおちゃんのお父さんとお母さんの声が聞こえてくる。
　そしてもうひとり、知らない男の人の声。
　たぶん、あおちゃんの主治医の先生だと思う。
　……お父さん、お母さん。
　トイレに行くなんて嘘をついてごめんね。
　それから、あおちゃんのお父さんとお母さんも、盗み聞きするような真似をしてごめんなさい。
　許されることじゃないってわかってるけど……、心の中でそう謝った。
　そう、私は別にトイレに行きたかったわけじゃない。
　ダメだとわかっていながら、ここまできてしまった。
　……あおちゃんの両親が話を聞いてるこの部屋は、検査

の結果を聞く部屋。

　私も何度かこの病院にお世話になって、お母さんと一緒にきたことがあるから知ってるんだ。

　きっと私が嘘をついてこの部屋まできたって知ったら、お父さんたちは"中学生にもなってやっていいことと悪いこともわからないのか"って怒るんだろうな。

　そう頭ではわかってはいたけど、やっぱりあおちゃんのことが心配で、いてもたってもいられなかった。

　頭よりも先に、体が動いちゃったんだ。

　……本当に、ごめんなさい。

　そんな罪悪感にさいなまれながらも、私は中の会話が気になってしょうがなくて、息を潜めてもっとドアに耳を寄せた。

「……じゃあ、碧は、もうあと1年しか生きられないってことですか……？」

「……ええ、残念ですが」

「…………っ、そ、んな」

「碧くんのご病気は、進行性の心臓病です。ふだんは碧くんの心臓は元気なように見えますが、実際は心不全という状況で、うまく心臓としての機能ができていない状態なんです。これまでの発作と比べてみても今回の発作は今まで以上に深刻なものだと思われます」

「う……っ、うぅ……っ」

「我々医療チームも、できる限り最善を尽くしますので……」

あおちゃんの、お母さん……？　先生……？
　どう聞いても、あおちゃんのお母さんと主治医の先生の声だよね……？
　じゃあさっきの言葉は、私の聞き間違いだよね。
「碧……っ、碧は……まだ、15歳なんですよ……っ？　そんな……っ、そんな……」
　でも、聞き間違いなんかじゃなかった。
　あおちゃんのお母さんが、このドアを1枚隔てた向こうでたしかに泣いている。
「母さん、落ちつきなさい」
　そんなお母さんを慰める、あおちゃんのお父さんの声が聞こえる。
　……待って。
　あおちゃんの先生は今、なにを言ったの？
　そして、あおちゃんのお母さんは、さっきなんて言ったの……？
　私は必死で頭を回転させて、さっきの言葉を思い出す。
　あおちゃんが……あおちゃんが……。
　あおちゃんが、あと1年しか、生きられない……？
「いやぁぁぁあ………っ」
　その言葉が脳裏にはっきりとよみがえったとき、ドアの向こうからあおちゃんのお母さんの悲痛な声が聞こえた。
「お母様、落ちついてください。……ただ、こればかりは仕方ないのです。先ほど申しあげたとおり、我々も最善を尽くしますから。移植の順番がまわってくるのを待ちま

しょう……」
「……いやよっ! そんなの、嘘よ……っ。碧が、……私の大切な碧が……っ」
「……申し訳ありません……」
 私は呆然としながら、繰り返される会話を聞いていた。
 尋常じゃないくらいに鼓動が速まる。
 嘘でしょ……?
 あおちゃんが、死んじゃうって……あと１年で、私の前からいなくなっちゃうって……?
 ふと、大好きなきみの笑顔が私の頭の中を横切った。
「……行かなきゃ」
 私はハッと我に返ると、震える足をなんとか動かして無我夢中で廊下を駆けだした。
 すれ違う看護師さんが私に声をかけるけど、それすら耳に入らない。
 あおちゃんの病室の前にくると、
「あおちゃん……っ!」
 そう叫んで、病室のドアを勢いよく開けた。
「ちょっと菜摘!? そんなに慌ててどうしたの?」
 私の体を両手で抱きとめたお母さんの手を振りはらって、私はあおちゃんのベッドに駆けよる。
「あ……なっちゃん……?」
 おそらく、薬切れてきたのだろう。
 あおちゃんは目を覚ましていて、私を見てやんわり微笑んでくれた。

「今日はびっくりさせちゃったよね。胸が急に苦しくなっちゃって。ごめん、なっちゃん……」

　よっぽどつらいのか、それともまだ少し胸が苦しいのか。

　あおちゃんの声は、今にも消えてしまいそうなくらい弱々しかった。

「あお、ちゃ……」

「なっちゃん、泣かないで」

「……や、だぁ」

「大丈夫。俺、このくらいの発作じゃ死なないよ。なっちゃんと一緒にいられるように、もっと頑張るから」

　胸が、心が、全身が。張りさけるように痛い。

　あおちゃんのその言葉に、私は何度も首を横に振った。

　……違うの、そうじゃない。違うんだよ、あおちゃん。

　あおちゃんがどんなに頑張ってもね……、もうあおちゃんは………。

「……っ、く、……っ」

　やっと、私の中ですべてが理解できた。

　そしてそれを理解したと同時に、大粒の涙がぽろぽろとこぼれ落ちる。

「あおちゃん……っ、あおちゃん……っ」

　何度も何度もあおちゃんの名前を呼ぶ。

　きみのいない未来が怖くて、きみのいない明日が怖くて。

　私はあおちゃんの存在を確かめるように、その温かい手のひらをきつく握りしめた。

「なにがあったんだ!?」

その言葉にうしろを振りむけば、息を切らしているあおちゃんのお父さんとお母さんがいて。
　そしてそのうしろには、血相を変えて慌てた様子のあおちゃんの主治医の先生らしき人。
「……先生」
　あおちゃんがつぶやいたその言葉で、私は確信する。
　この人があおちゃんの主治医の先生だと。
「……っ、ねぇ」
　私はあおちゃんの主治医の先生の前に立つと、必死に頭を下げる。
　まわりのことなんて、気にならなかった。
「ねぇ、お医者さんなんでしょ……？　だったら……あおちゃんの病気を治してください……っ」
　声が枯れるくらい、必死に叫びつづけた。
　あおちゃんが助かるのなら。この先の未来を、一緒に生きることができるのなら。
「ねぇ…、ねぇ……っ、あおちゃんを、助けて……」
　私は何度でも、声を枯らして頭を下げるから。
　……なんて、バカみたいだよね。
　私の声がいくら枯れたって、あおちゃんの命とは引き換えにならないのに。なるわけが、ないのに。
「私の大好きな人を……っ、お願いだから、助けて……っ」
　それでも願ってしまうのは、きっときみのことが大好きだから。
　きみが私にとって、なくてはならない存在だからなんだ

よ。
「……あおちゃんの、先生」
「……はい」
　私が涙をぬぐって先生を見上げると、先生は困ったような顔で私を見た。
「さっき、実は先生とあおちゃんのお父さんやお母さんが話していたところ、聞いてたんです。……ごめんなさい。でも、先生、そのとき言ってましたよね……？　"こればかりは仕方ない"って。なんで……？」
　あおちゃんのお母さんは膝からその場に崩れおち、顔を覆って泣きだした。
　言ってしまってから、あおちゃんもその場にいたのだと気づいたけど、もう取り返しがつかないから。私はそのまま言葉を続ける。
　……ねぇ、あおちゃんの先生。
　仕方ないって、どういう意味？
　もうあおちゃんは助かる見込みがないから、あきらめてくださいっていう意味なの？
　もし……もしね、そうだとしたら。
「そんなの、ないでしょ……」
　だってそうでしょ？　そんなの、ありえないじゃん。
　……だってね、先生。先生は知らないかもしれないけど。
「あおちゃん……っ、頑張って生きようとしてるんだよ……？　つらい治療に何年も耐えつづけて、私と一緒に生きてくれようとしてるんだよ……？」

私は、痛いほど知ってるの。
　あおちゃんが誰よりも頑張ってることを。
　あおちゃんが私の知らないところでたくさんつらい思いや苦しい思いをしていたことを。
　そして、あおちゃんがここにいる誰よりも、"生きたい"と強く願っていることを。
　私は、知ってる。
　……なのに、"仕方ない"って言われて、"はい、そうですか"って、簡単に終われないよ。
「あおちゃんがあきらめてないのに……なんで先生が先にあきらめちゃうの……」
　あおちゃんを信じてあげてよ。
　奇跡を信じてるあおちゃんを、助けてよ。
「あきらめないで……っ」
　あおちゃんがまだ生きようとしてるのに、先生があきらめちゃったら、それこそ本当の終わりじゃない。
　ねぇ、お願いだから………。
　私の大切な人を、死なせないで。
「なっちゃん」
　絶望の淵にいて、希望の光が暗闇に囚われて見えなくなって。
　なにもかもがわからなくなった私の耳に、優しい声が響いた。
　私は涙でびしょびしょに濡れた瞳で、ギャッチアップされたベッド上にいるあおちゃんを見つめる。

「俺は、生きるよ」
　その力強いひと言が、私の胸にストンと落ちた。
「きっと俺、余命宣告されたんでしょ？　自分の体だから、よくわかってたんだ。いつかはこの日がくるって」
　そんなに簡単なことではないはずなのに、あおちゃんはすべてを受けいれたようにそう言った。
「でも、だからってあきらめられないよ。自分の命をそんなに簡単には捨てられない」
　あおちゃんはそのまま言葉を続けた。
「大切な家族といるために、大好きななっちゃんといるために。俺は生きなきゃ」
「……碧」
「お父さん、お母さん、心配ばっかりかけて本当にごめんね。それから、おばあちゃんの家にいる結衣にも謝らなくちゃ」
　困ったように笑ったあおちゃんの頭を、あおちゃんのお父さんが優しくなでた。
〝そんなことはいいんだよ、お前は本当に優しい子だな〞
　そう言って、目を真っ赤にしながら。
「先生」
　あおちゃんはそんなお父さんを見て〝ありがとう〞って言ったあと、病室の入り口に立っていた先生に目を移す。
「先生。俺、頑張るよ。病気なんかに負けない。負けてたまるか」
　そして、そう強く言いきった。
　あおちゃんと目があって、いろんな感情が込みあげてき

た私は涙を必死に堪える。
「だって俺には、"なっちゃん"っていう大切な人がいるから。どんなことをしてでも、守らなきゃいけないものがあるから」
　……ああ、もう無理だよ。
　もう泣かないようにと必死に堪えていた涙は、無情にも私の頬を伝って顎まで落ちていく。
「まだ泣くの？」
　そう言うあおちゃんに笑われたけど、これは違うんだよ。
　悲しくてつらい涙なんかじゃない。うれしくて幸せな涙なんだよ。
　あおちゃんのくれた言葉が、とてもとても温かくて、うれしかったの。
　ねぇ、神様。
　もしもあなたが本当に存在したとして、どんなお願いごとでも叶えてくれるのだとしたら。
　私はどこまででもあなたを探しに走るのに。
　この手足が動かなくなろうと、体が傷だらけになろうと。
　あおちゃんが生きてくれるなら、私はそんなの惜しまない。
　あなたのその手を、存在を、全身で捕まえるんだ。
　そしたらね、ひとつだけお願いするんだ。
"あおちゃんの病気を治してください"って。
　あおちゃんとずっと一緒にいるためなら、私はなんだってするよ。

——帰り道、車の窓からのぞく星空を見つめながら、私は強くそう思った。

恋花火

　それから2週間後。あおちゃんは無事に退院して、今日はあおちゃんと約束していたお祭りの日。
「これ、おかしくないかなぁ……」
　私は今、鏡の中に映る自分とにらめっこしている真っ最中。
　かれこれ、もう20分くらいは自分の姿を見続けていると思う。
　だって、だってね。
"浴衣、似合ってるわよ"と言われて、お母さんに頭のてっぺんから髪の毛を少し結って右サイドでひとつにくくってもらったんだけど……どうもよく似合ってないような気がするんだよね。
「ねぇ、お母さん。この髪型、本当に私に似合ってる？」
「え？」
「ヘンじゃない……？」
　気になって気になってどうしようもなかったから、私はお母さんにそう聞いてみた。
　そしたらお母さんは、わかりやすく目を丸くする。
「なーに言ってんの。菜摘、いつもの100倍くらい可愛くなってるわよ」
「ひゃ、100倍!?」
「ふふっ。だってお母さんの子だもの。可愛いに決まって

るでしょ」
「……そういうことじゃないよ」
「まあまあ。でも、本当に今日の菜摘は可愛いわよ？　きっと、碧くんも菜摘に惚れなおしちゃうんじゃないかしら」
　そう言って意味深に笑うお母さんに親バカだ……と少しあきれながらも、私は舞いあがる心を隠せずにいた。
「中学校最後の夏休みなんだから、しっかり楽しんできなさい。このお祭りが終わったら、勉強づけになるんだからね」
「げ、勉強かあ……。うん、今日は楽しんでくるね。お母さん、髪の毛も浴衣も本当にありがとね」
　お母さんを見てにこっと笑うと、お母さんは目を細めて私の頭をそっとなでた。

　まるで小さな子どもに戻ったみたいでなんだか恥ずかしくなった私は、少しだけうつむくと浴衣をキュッと握る。
「なっちゃん、もう準備できてるー？」
　そしたら外から大好きなきみの声が聞こえてきて、私はまた勢いよくお母さんの顔を見上げた。
「あおちゃんがきた」
　うれしくてうれしくて、私はお母さんに満面の笑みを向ける。
　そんな私を見たお母さんはまた笑って、
「碧くんから離れないのよ？　気をつけていってらっしゃい」

そう言って私に手を振った。
　薄い茜色に染められた空の下を、あおちゃんと手をつないで歩く。
「ねぇ、あおちゃん」
「なに？」
「最初はなにする？　ヨーヨー釣り？　いや、ボールすくいがいい？……いやいや、やっぱりさ、りんご飴食べる？」
「ちょ、なっちゃん？」
「ん？」
「そんなに慌てなくていいからね？　なっちゃんのやりたいこと全部しようよ」
　昔からお祭りが大好きで、今日のこの日を誰よりも楽しみにしていた私の気持ちは、自分が思っているより大きかったみたい。
　次から次へとやりたいことをあげていく私をなだめるように、あおちゃんは優しく笑ってくれた。
「……あ、なっちゃん」
　お祭り会場に着いたら、まずはなにをしようかな。なにを食べようかな、どこで花火を見ようかな。
　そんなことを考えていたら、あおちゃんがなにかを思い出したように急にその場に立ちどまった。
　あおちゃんと手をつないでいた私の足も必然的に止まる。
　でもあおちゃんはなにも言いだすことはなくて、そのまま数秒がたった。

さすがに不思議に思ってあおちゃんの手をグイッと引っ張ると、あおちゃんはようやく私の顔をまっすぐ見つめる。
「……その浴衣、すごく可愛いね」
「へ？」
「なっちゃんが着てる浴衣。なっちゃんによく似合ってると思うよ。それに、髪の毛も大人っぽくて、なっちゃん見てるとドキドキする」
　あおちゃんはふっと口もとを緩めた。
　……なに、それ。
　ねぇ、あおちゃん。女の子にそれは反則だよ。
　好きな男の子に、そんなに優しい顔でそんなこと言われたら、私だってドキドキしちゃうよ。
　いつも以上に強く感じるドキドキに、私の胸は甘く痺れるようにうずいた。
「……あおちゃんの、バカ」
　きっと真っ赤になってるだろう顔を隠すために、私は地面に視線を落とす。
「こっち向いてよ」
　響きわたるセミの声とともに耳に入る、あおちゃんの声。
「……聞いてる？　こっち向いて？」
「……やだ」
「なっちゃん」
「もう、やだ……。だってはずかしいもん……」
　私はそう言うと、唇を少しだけ噛みしめた。
　あおちゃんは、きっと知らない。

"可愛い"のたったひと言が、女の子をこんなにも浮き足立った幸せな気持ちにすることを。
　そして。
「そっか、似合ってると思ったから似合ってるって言ったんだけどな」
　この寂しそうな瞳が、女の子の胸をキューっと締めつけることも、あおちゃんはきっと知らないでしょ？
「ごめんね、なっちゃん。もうなっちゃんが恥ずかしがることは言わないから」
　眉毛を下げて、少し困ったように微笑むあおちゃん。
　……違う、違うんだよ。
　私が思ってるのはそんなことじゃないのに。
　あおちゃんに、そんな顔させたいわけじゃないのに。
　自分の気持ちをうまく伝えられないもどかしさを感じた。
「……うの」
「え？」
「違うの……」
　私は小さくつぶやく。
「うれしかったの。あおちゃんが、"浴衣姿が可愛い"って言ってくれたから……」
　恥ずかしくて恥ずかしくて、あおちゃんの顔がまともに見られない。
「恥ずかしかったけど、イヤじゃ……なかったから……」
　ここまで言って、ひとまず深呼吸をしてみる。

……もうやだ。本当に恥ずかしい。
　だけど、あおちゃんに誤解されるのはもっとイヤだ。
　あおちゃんは今、どんな想いで私の言葉を聞いてるんだろう。面倒だと思われてないといいな。
「ほかの女の子の浴衣姿、"可愛い"って思っちゃダメだよ……？」
「……なっちゃん？」
「あおちゃんにはずっと、私だけを見ていてほしい」
　頬が真っ赤に染まっていくのが自分でもわかった。
　っていうか、私なに言ってるんだろう。
　今、けっこう大胆なこと言わなかった……？
　どうしよう、あおちゃん引いてないかな……。
　自分の気持ちを正直に言ってみたのはいいけど、そのかわり、少しの不安と恐怖、そしてどうしようもない恥ずかしさが体中を駆けめぐる。
　とうとう沈黙に耐えられなくなった私は、思い切ってあおちゃんの顔を見上げた。
「……え？」
「……見ないで」
「だ、だって……」
「言わなくていいから、黙ってて」
　……嘘でしょ？
　顔を上げた先にいたのは、耳の先まで真っ赤に染まった私の大好きな人。
　予想もしていなかったあおちゃんの様子を見て、思わず

ふきだしてしまった。
「ちょ、笑わないでよ、なっちゃん」
「だって、あははっ。あおちゃん顔、真っ赤だよ？　りんごみたい」
「うるさいなぁ、なっちゃんが悪いんでしょ」
「へ？　私？」
「そうだよ。なっちゃんが"私だけを見ていてほしい"とか可愛いこと言うから。俺もなんか恥ずかしくなって……」

　そう言って、語尾を小さくしながら照れくさそうに鼻をかいて笑ったあおちゃんに、私の胸はうれしい気持ちでいっぱいになる。

　こういうのを、幸せっていうのかな。

　心の底から、あおちゃんのことを愛しいと思った。

「なっちゃん」
「あおちゃん」

　お互いの顔を見合わせてもう1回だけ微笑みあうと、また幸せな気持ちがあふれてきて。

　その幸せを逃がさないように、私たちは手と手をギュッと握りしめた。

　　——ヒュー………バーン！
　　——ヒュルルル………バーン！
「わぁ、きれいだね……」

　島の満天の星をより明るく彩るのは、次々に打ちあげら

れていく色とりどりの花火。

　私とあおちゃんは屋台から少し離れた錆びたベンチで、ふたり並んで花火を眺めていた。
「……花火ってさ、すごいよね」
　ふと、あおちゃんがそんなことをつぶやいた。
「急にどうしたの？」
「いや、なんかさ。花火を見てたら、俺の存在が、"高岡碧"っていう人間が、小さく思えてくる」
　……あおちゃんはなにを言いたいんだろう。
　私はちょっとだけ首をかしげた。あおちゃんはふっと笑って、
「……ほら、花火って一瞬で消えちゃうでしょ？」
「うん、そうだね」
「だから、この世界にいる時間はほんの数秒だけ。そう考えるとさ、ほんの数秒だけで人々の心にたくさんの感動を与えられる花火ってすごいなって」
　あおちゃんの憂いを含んだ横顔が色とりどりの花火に照らされて、私の瞳にきれいに映る。
「人は花火より長い時間生きられるけど、花火ほど多くの人の心には残らないよね」
「……たしかに、そうだね」
「それに人は、いつかは死んじゃうから」
「……うん」
　大きな花火の音にかき消されてしまわないように、私は必死であおちゃんの言葉に耳をかたむける。

「もし俺が死んで、なっちゃんも死んで。俺のお父さんやお母さん、結衣も死んで。俺のことを知ってる人がみんな死んじゃったら、"高岡碧"っていう人間は、この世にいなかったも同然みたいな感じになるでしょ？」
「うん、そんな感じになっちゃうね」
　あおちゃんはたまに今日みたいに難しいことを言う。
　いつもの私ならこのまま話を流すようにスルーしちゃうんだけど、今日の話は私にもなんとなく理解できそうな気がした。
　そして、この話は聞いておかなければいけない気がした。
　だから私は、あおちゃんの言ったことに静かにうなずく。
「俺は将来、命の大切さを伝えられるような人になりたい。教師でも医師でも、なんでもいい。とにかく、命についてたくさんの人に知ってもらいたい、考えてもらいたいんだ」
　強く決意のこもったその言葉に、私は胸が熱くなるのを感じた。
「きっと、病気になった俺にしか伝えられないことがあるはずなんだ。だから俺は病気になったことを後悔してるわけじゃない」
　あおちゃんは花火を見上げたまま、そう言いきった。
　……あおちゃんは、本当に優しい人だね。
　そして、誰よりも強い心をもった人。
「そのためには、まず病気に勝たないといけない。俺は、あきらめないから。なっちゃんのために生きるから」
　見上げた先にあるあおちゃんの横顔がとても凛々しく

て、放った言葉がとても力強くて。
　この体のどこにそんな強さがあるんだろう。
　そう考えていたら、あおちゃんが花火から私のほうへ視線を移した。
「だからさ、なっちゃん」
　きみの射抜くような真剣な瞳が、私を捕らえて離さない。
　一瞬、花火の音も聞こえないくらい、ふたりだけの世界にいるような気がした。
「もし俺が病気に勝って、自分の夢を叶えて、命の大切さを伝える役目を担うときがきたら。一緒にステージに立ってくれる？」
「……え？」
「紹介したいんだ。病気の俺に光をくれた、命の恩人なんだって。俺の大切な人だって」
　優しく笑ったあおちゃんは、私の肩をそっと抱きよせる。
「……大好き、なっちゃん。本当に、なっちゃんが好きすぎて困るくらい」
　ささやかれたその言葉に、私の心臓がいつもより速いリズムを刻むのがわかった。
「だから、俺と一緒にきてよ」
　続くようにして耳もとでささやかれたその言葉に、私はバカみたいに何度もうなずいた。
　そして、それと同時に思ったんだ。
　余命ってなんなんだろうって。
　命に期限なんてつけていいのかな。

あおちゃんのように、必死に病気と闘っている人がいて、自分の生きている未来を信じて前向きに笑ってる人がいる。
　ううん、あおちゃんだけじゃない。
　きっとこの世界には、あおちゃんと同じように苦しみながら、つらい思いをしながら、それでも必死に病気と闘っている人がいるよね。
　生きようと信じて、たくさん頑張ってる人がいるよね。
　それなのに、どうして人は"あと何年"って、命に期限をつけるようなことをするのだろう。
　命は、期限がつけられるほど軽いものじゃないはずなのに。なによりも尊重すべき大切なものなのに。どうしてなのかな。
　……そう思ってしまう私は、やっぱりまだ子どもなのかな。
　これから年を重ねて、人生経験をたくさん積みかさねて。
　大人になったら、"仕方ない"って割りきれるようになるのかな。
　……だったら、だったら。私は子どものままでいい。
　大人になるということがそういうことなら、私は一生子どものままでいい。
　大切なことを忘れて大人になるくらいなら、大切なことを大切と思える今を大事にしたい。
　だって私は、あおちゃんの命に終わりがあるなんて信じたくないから。

ただ決められた運命をなにもせずに黙って待つより、私は奇跡を起こしたい。
"あおちゃんの病気が治る"
"あおちゃんと一緒に生きる"
　という、大きな奇跡を。
「ねぇ、あおちゃん……」
「ん？」
「……好きだよ」
　私がポツリとつぶやいたとき、夜空がたくさんの花火でいっぱいになった。
　遠くの屋台が並ぶあたりから聞こえる歓声。
　色とりどりの大きな空の花は、ジュワッと音をたてて静かに消えていく。
　真っ暗な夜空に残った跡を見ながら、なんとも言えない切ない気持ちになる。
　だけど、とてもきれいだと思った。
「……俺も、なっちゃんが世界で一番、大好きだよ」
　顔を空から隣に向ければ、私の大好きな優しい笑顔がそこにはあって。幸せだなって、心の底から思った。
「……あおちゃん」
　ねぇ。あおちゃんは、私たちの出逢いをどう思う？
　運命？　偶然？　必然？
　その答えはきっと、この世界のどこかにいる神様しか知らないよね。
　だけどね、私は運命だと思うんだ。

あおちゃんと私が出逢えたのは、偶然でも必然でもなく、きっと運命。
　だってこの世界には、数えきれないくらいたくさんの人がいるんだもん。
　一生をかけても出逢えないくらい、多くの人であふれてるんだもん。
　私たちはその中で出逢えたんだよ？
　まるで、運命の赤い糸に引きよせられるようにめぐり逢って、話して、笑いあって。
　ときにはケンカもして。
　そして、私はきみに、きみは私に。人生で初めての"恋"をした。
　この奇跡の連鎖に気づいたとき、私の頬を一粒の涙が伝う。
　もう一度あおちゃんからまわりに目を移せば、そこは別世界のようにキラキラと輝いて見えた。

星空の下で描く未来に

　花火大会の日から数日。
「んー、勉強ぜんぜんはかどらない……」
　私は自分の部屋の机の前に突っ伏しながら、もっていたシャーペンをくるりと回す。
　もともと勉強があまり好きではない私に受験勉強をさせるだなんて、あまりにも酷だ。
　……だからといって勉強しなければ受験に落ちてしまうし、どんなにイヤでもコツコツ勉強だけはしないといけない。
　あおちゃんは、勉強進んでるのかな。
　そんなことを考えていると、――コツン、と窓のあたりから小さな音が聞こえた。
「……？」
　不思議に思って窓へ近づき、恐る恐るカーテンの隙間から外をのぞく。夜8時をまわっているから、外はもう真っ暗だった。
「……あ」
　でもその暗闇の中で街灯に照らされながら私に手を振っているあおちゃんが見えて、私は慌てて窓を開けた。
「どうしたの？」
「なっちゃん、勉強にゆきづまっているんじゃないかなと思って。よかったらこれから星を見にいかない？」

そう言って、あおちゃんは私を見上げてにっこりと微笑んだ。
　私は速攻で行くと返事をしてから、窓を閉める。
　お母さんにもあおちゃんと星を見にいくと伝えて、あまり遅くならなければいいよとオッケーをもらった。
「あおちゃん、お待たせ」
　玄関を開けると門の外にあおちゃんが立っていて、その立ち姿も相変わらずカッコいい。
「じゃあ行こっか」
「うん、海？」
「そのつもり。防波堤(ぼうはてい)の所から見る星すごくきれいだから」
　優しい顔で微笑んだあおちゃんに手を引かれながら、私たちは海を目指した。
　この島は、星がよく見える。
　空に輝くのは無数の星で、それぞれが同じように見えて違う光を放っている。
　今日は稀(まれ)に見る晴天だったから、いつもより星の線が細かく見えて、海面の向こう側に近いところに月がひとつ。
「……きれいだね」
　防波堤のはしっこ、あおちゃんとふたり並んで腰かけながら、私は足をぶらぶらさせる。
　空を見上げて手を伸ばすと、届くはずなんてないのに星をつかめそうに感じた。
「受験勉強、進んでる？」
　あおちゃんの言葉に私は首を横に振る。

私の横にいたあおちゃんは、あまりに私の反応が早かったからかふふっと笑った。
「あおちゃんは？」
「んー、どうだろ。英語がやっぱり一番難しいかな、覚えられない」
「……でもあおちゃんいいじゃん、もともと頭いいんだから」
「え、そんなことないよ」
　あわてて首を振って否定するあおちゃんだけど、私は知ってるんだからね。
　あおちゃんが学年でいつも１番にいること。成績表に４か５しかないこと。
　私は全部知ってるんだから隠したって無駄だよ。
　そんな意味を込めて、嘘でしょってあおちゃんの頬をぷにっと指で押すと、あおちゃんは笑いながら私の手をつかんだ。
「なっちゃんは勉強苦手だもんね」
　困ったような顔で私を見つめるあおちゃんに、コクンと素直にうなずく。そしたらあおちゃんは星空に視線を移し、優しい声で言う。
「未来を想像したらいいんじゃない？」
「……未来？」
　あおちゃんの言いたいことがよくわからなかったから、私は同じく星空を見ながらあおちゃんの言葉を繰り返す。
「……勉強を頑張ったら、高校に入れる。高校で俺となっ

ちゃん、またふたりで登校する。最近流行ってるスクールラブっていうやつを、なっちゃんとする」
「……うん」
「俺はそんな未来を想像して、毎日の勉強を頑張ってるよ。なっちゃんといる未来を夢見ていると、なんでも頑張れるような気がするから」

そう言ってあおちゃんは私を見て微笑む。

私はそんなあおちゃんを見つめながら、もう一度空を見上げる。

そして、あおちゃんとの未来を想像してみた。

……あおちゃんと同じ高校に入って、今みたいにまたふたりで登校して。あおちゃんと同じ委員になって、だけど、うん。日誌はめんどくさいからあおちゃんに書いてもらって。

ケンカすることもあるかもしれないけど、そしたらぶつかりあって仲直りをして。……またきみが大好きなんだと再確認する。

そしていつか、いつの日か。

高校を卒業して、大人になって、……20歳になったら。あおちゃんと結婚して。

私の頭の中にある未来はどれもキラキラとしていて、今の私の原動力となる。

……たしかに、きみといる未来を想像すればするほど、ふたりの未来を思い描くほど。

その未来を叶えるためには今が大切なんだって思えて、

勉強しなきゃいけないという気持ちが生まれてくるかも。
「……ね？　できる気がしない？」
　にっこりと笑ったあおちゃんに、私もにっこり笑い返す。
「できる気がしてきたかも。……あおちゃんと一緒にしたいこといっぱいあるから、勉強も頑張らなくちゃね」
　私がそう言ったのとほぼ同時に、あおちゃんが私の手を優しく包んで。
「俺となっちゃん、これからもふたりでこうして手を握りあって頑張っていこうね」
　そう言うきみの瞳の奥に。
　私はこの空に輝く星のようにきらめいた私たちの未来を見たような、そんな気がしたんだ。

第4章
愛音

きみの優しさも温もりも笑顔も
すべてが大好きだった。
ねぇ、あおちゃん。
こんなにも広い世界の中で
私と出逢ってくれて、私を見つけてくれて。
本当にありがとう。

涙のキス

　ふたりで星空を見上げたあの日からあっという間に日々は過ぎさり、もう２月が巡ってきた。
　中学生でいられる時間も、もうあと少しになった。
　土曜日の昼下がり、冬の海岸。
「なっちゃん、俺ね、中学校を卒業したら、すぐに入院しようと思う。……だから、高校も受験はしないつもりでいる」
　真剣な顔をして、あおちゃんは私の前で信じられないことを言いはなった。
　……ううん、信じられないことじゃない。
　だって予感はしてたんだ。
　昨日あおちゃんに、『なっちゃんに言わなきゃいけないことがある』って言われたときから。
　なんとなくだけど、私にとってよくないことを言われるんじゃないのかなっていう予想はできてたの。
「なっちゃんに嘘はつきたくないから」
「……うん」
　頭をなでてくれるあおちゃんの手がとても優しくて、まともに顔を見ることができない。
　でも、ちゃんと聞かなきゃ。決めたんだから。
　あおちゃんと一緒に頑張るって、あおちゃんと一緒に闘うって。

「⋯⋯俺ね、ここ最近、あんまり調子がよくないんだ。発作の回数も増えたし、動悸(どうき)がすることも頻繁(ひんぱん)にある。体の力もだいぶ弱ってきて、少し動いただけでつらくなることも多くなった」
「⋯⋯うん」
「正直、今も少し胸が苦しいし、呼吸もしづらい。いつ発作がきて倒れちゃうのか、自分でもわからないんだ」

　顔を上げてあおちゃんの表情をうかがえば、あおちゃんは目の前に広がる海をぼんやりとした眼差しで見つめていた。

　急に突きつけられた残酷な現実に、私はただ涙を流すことしかできない。涙の止め方があるなら教えてほしいくらい、自分ではコントロールが利かなくなっていた。

　大きな声を上げて泣きたいのは、あおちゃんのほうなのにね。

　いつも私ばっかりが泣いちゃってごめんね。
「⋯⋯ああ、このままときが止まればいいのに。そしたらずっと、なっちゃんと一緒にいられるのにな」

　そう寂しそうにつぶやいたきみの表情に、胸がチクンと痛んだ。

　あおちゃんは私を見ると、そっと微笑む。
「泣いてるなっちゃんの涙をぬぐうのも、不安なときにそばにかけつけて、こうして抱きしめてあげるのも。全部全部、これから先も俺の役目だったらいいのに」

　あおちゃんは私の涙をぬぐって、私の頭をポスンと胸の

中に閉じこめてくれた。

とても温かくて、安心する。

なんであおちゃんは、そんなに悲しいことを言うのだろう。

私は、あおちゃんじゃなきゃダメなのに。……イヤなのに。

泣いたときに涙をぬぐってくれるのも、つらいときや不安なときに抱きしめてくれるのも。

全部全部、私はね。

「……あおちゃんじゃなきゃ、やだ」

心から愛しいと思えるきみじゃないと、イヤなんだ。どんなにほかの人が私を抱きしめてくれたとしても、私の不安はなくならないし消えてはくれない。

「俺も、なっちゃんがほかの誰かに抱きしめられてるところなんて見たくないや」

「大丈夫だもん。あおちゃんはそんな心配しなくていいの。だって、私がこれから先、あおちゃん以外に抱きしめられることなんて絶対ないから」

あおちゃん以外はいらないよ。私はほかの誰かじゃなくて、あおちゃんに抱きしめてもらいたいんだよ。

「あおちゃん」

私は強く強く、あおちゃんの体を抱きしめた。

"私にはきみしかいないんだからね"って、ちゃんと伝わるように。

「私はあおちゃんと一生一緒にいるって決めたの。ほかの

人じゃなくて、あおちゃんだったから。そう決めることができた。だからあおちゃんは心配しなくていいよ。私がほかの誰かを好きになることなんて、この先絶対ないから」

　……ねぇ、いつも泣いてばかりで、頼りにならない私だけどね、これだけは胸を張って言えるよ。

　この決意は、誰がなんて言おうと揺るがない。

　私が恋をするのは、この先もずっとずっとあおちゃんだけだよ。

「ははっ、本当、なっちゃんにはいつも助けられてばかりだなあ。俺は幸せ者だね、こんなにも俺を想ってくれる人がいて」

　顔を上げれば、この島の海のように優しく笑っているあおちゃん。

「あー、なっちゃんと同じ高校行きたかったな」

「……私もだよ。でも、毎日制服を着て会いにいくからね？」

「毎日？」

「えっ、ダメ？　毎日は迷惑かな？」

「うそ、うそ。なっちゃんなら大歓迎。待ってるよ」

　まだ肌寒い冬の風が、笑いながら話をするあおちゃんと私の髪をふわっと揺らした。

"幸せ者"

　この言葉を言うのは私のほうだよ。

　私はあおちゃんと出逢って、たくさんの幸せをもらった。

　数えきれないほどの、たくさんの愛をもらった。

　こうしてあおちゃんの隣にいられることも、あおちゃん

から好きだと言ってもらえることも、私にとってはすべてが幸せの証。

　あの日、あおちゃんのそばにいることを選んでよかった。心からそう思える。
「なっちゃん、愛してる」
　初めて聞いたその言葉に胸がドキッと高鳴ったのと同時に、あおちゃんが私の唇を見つめた。
　いつもは見せない艶（つや）っぽい瞳に、私の心はギュッとわしづかみにされたようで。
　尋常じゃないくらいの速さで鼓動を刻む音を少しでも落ちつかせるように、私は静かに目を閉じる。
　微かに聞こえる優しい波の音に包まれながら、私たちの唇は重なった。
　ファーストキス。
　それは、想像していた以上に温かくて、優しくて、なによりも幸せなものだった。
　愛しい、それくらいに、きみが好き。
「……私も愛してるよ」
　今という時間が幸せすぎて、涙があふれた。
"愛してる"なんて、きっと私たちが簡単に口にしちゃいけない言葉だと思うんだ。
　でもね、本当に愛してるんだもん。
　大人たちに笑われてもいい。まだ、子どもなのにとバカにされたっていい。
　私たちの想いが真剣なことは、私たちが本当に愛しあっ

てることは。
　ふたりだけが、知っていればいい。
　私があおちゃんの頬をそっとなでると、あおちゃんは愛おしそうに私を見つめた。
　そしてもう一度、私の唇に優しくキスを落とす。
　風と波音を聞きながら、私はあおちゃんの愛を全身で感じた。
　そして、ひたすら願ったんだ。
　きみの病気が治りますように。きみの笑顔が消えませんように。
　きみと、ずっと一緒にいられますようにと──。

動きだした最後の時間

「ねぇねぇ、あおちゃん。とうとうあと1週間だね、卒業式まで」
「もうそんな時期なんだね。早いなあ、時間が過ぎるのは」
　道路に転がる石ころを順番に蹴りあいながら、私たちは学校からの帰り道、そんな話をしていた。
　……本当だね、時間が過ぎるのは、とっても遅いようでとっても早い。
　そう、私たちはあと1週間で中学校を卒業する。
　3年間過ごしてきた思い出の場所から、一歩前へ、踏みだすんだ。
「俺もいよいよ、入院生活の始まりか。頑張らないとね」
「……ん、そうだね」
「……もう、なっちゃん。そんな悲しそうな顔しないでよ。二度と会えなくなるわけじゃないんだからさ」
「……むぅ」
　そんなの言われなくたってわかってるよ。
　でも、仕方ないじゃん。
　こうしてあおちゃんと並んで歩くのも、ふたり同じ教室で一緒に授業を受けるのも。
　もう最後なんだって思ったら、すごく悲しい気持ちになっちゃうんだから。
　前まではぜんぜん気づかなかったけど、こうしてあお

ちゃんと学校に通えることも、あたりまえのことなんかじゃなかったんだね。

　もっとひとつひとつの時間や行動を大切にしなきゃいけないね。
「俺は入院生活頑張るからさ、なっちゃんは高校生活頑張るんだよ？」
「うん、ありがとう。……本当はあおちゃんと一緒に行きたかった高校だけどさ、勉強ちゃんと頑張るね」
　私はそう言ってふふっと笑う。
　そう、私は推薦入試で、この島にある高校に合格することができた。
　この島には高校がひとつしかないから、島を出て島外の高校を受験するか、この島の高校を受験するかのどちらかになるんだけど。
　私はこの島の高校に行くことを選んで、そして結果はみごと合格。春からは、高校生になる。
　……やっぱりあおちゃんと一緒に高校に行きたかったという気持ちは消えないけど、でも。頑張る場所は違っても、あおちゃんに負けないように頑張ってみせる。
　ひとりでそう思っていると、あおちゃんが突然私の肩をトントンと叩いてきた。
「ん？」
「もう、なっちゃんの家だよ」
　その言葉にハッとしてまわりをキョロキョロ見まわせば、もう私の家の近所まできていて。

……というより、そこはもう私の家の前。
「今日も送ってくれてありがとう」
　私がにこっと笑うと、あおちゃんは優しく目を細めて微笑んだ。
　そして目線をゆっくりと私の唇に移す。
　私たちの唇の距離がゼロになる直前、
「……好き」
　あおちゃんが、切なげにささやいた。
　私がまぶたを伏せたのと同時に重なるふたりの唇。
　すべてが溶けてしまいそうなくらい優しいきみからのキスは、私の不安や恐怖をそっとかき消してくれる。
　もう、本当に全部が好きなんだ。
　きみがくれる愛も優しいキスも、照れたときに見せるはにかんだ笑顔も。
　狂おしいくらいに、きみのすべてが大好きなの。
「じゃあ、また明日」
　そう言って名残惜しそうに笑うきみに胸がキュッと締めつけられたけど、その寂しさを振りきって、私も同じように笑顔を向ける。
　また明日、会えるよね……？
　切ったばかりの短い髪の毛を風に揺らしながら、ゆっくりと離れていくあおちゃんの背中。
　その背中が徐々に小さくなるのを見つめながら、私は大好きなきみとの明日を願った。

次の日の朝、なんだかガサガサと騒がしい音で目が覚めて、まだ重いまぶたを開けると、そこはいつもどおり自分の部屋。

　……ってことは、騒がしいのは1階か。

　それにしても、カーテン越しの空がまだいつもより暗い気がするのは気のせいなのかな。

　起きたばかりでぼんやりしている頭をゆっくりベッドから起こして時計を見ると、時計の針はまだ午前5時過ぎを指していて。

　なんだ、いつもより2時間くらい早いんだ。

　だからこんなに眠たいのか。よし、もう一度寝よう。

　私はもう一度眠りにつこうと、布団を頭までかぶった。

　……でも。

　コンコンと私の部屋の扉をノックする音がして、

「……菜摘、起きてる？」

と言うお母さんが控えめに声をかけてきた。

　まだ眠くてだるかったけど、起きているのにお母さんの声を無視するわけにはいかないよね。

　私は仕方なくベッドから体を起こして、ドアに向かって、

「起きてるよ」

と小さな声で返事をする。

「菜摘、起きてたのね。あ、もしかしたらお母さんが起こしちゃったかしら」

　お母さんが部屋の扉を開けたそのすぐあと、まだぼんやりとしている部屋の中に、お母さんの寂しそうな笑みが見

えた。
　……ああ、私はなんでこんなにも勘が鋭いんだろう。
　この一瞬で、全部わかっちゃうんだろう。
　お母さんの顔を見た瞬間に、気づいちゃったんだ。
「あおちゃんになにかあったの……？」
　私が恐る恐るたずねると、お母さんは私から視線をそらし、一度だけうなずいた。
　心拍数が、一気に上がる。
「あおちゃん……っ、大丈夫なんでしょ……っ？」
　ベッドから飛びおりてお母さんに駆けよると、私はその勢いのまま両手でお母さんの手を揺さぶった。
「……」
　それなのに、お母さんは人形になったみたいになんにも言ってくれない。
　それからしばらくして、
「……菜摘、落ちついて聞いてね」
　突然、お母さんが私の体をふわりと優しく抱きしめた。
　……え、なに？　どうしたの？
　私を抱きしめるお母さんの腕が小刻みに震えていて、胸の中に不安が募る。
　お母さんの口から出てきた言葉は、想像していた以上に、ううん、想像すらしていなかった言葉だった。
「碧くん……今、意識がない状態なの」
「……え？」
「さっき碧くんのお母さんがきてね。昨日の夜に発作が起

きて、救急で病院に運ばれたんだけど、今も意識が戻らないって……」

体中から血の気が引いていくような感覚に陥った。

じわりじわりと目に涙が浮かんでくる。

「じゃあ、あおちゃんは……？」

必死にしぼりだした声が、情けなく震えた。

「……もう、意識が戻ることはないかもって」

悲しそうな顔をしたお母さんが、私の目を見てたしかにそう言った。

これが現実なの、受け止めなさい。そう言われているようだったけど、信じられなかった。

そんなの、嘘だよ。

私の瞳からとうとう涙がこぼれ落ちる。

止めようと思っても、まったく止まってくれなくて。

「……っ、く……っ、う……っ」

悔しくて悲しくて、あおちゃんが苦しいときにそばにいて支えてあげられなかった自分が情けなくて。

私はお母さんの背中に手をまわして、服をキューッと握りしめる。

「菜摘。今日はもう学校に行けないでしょう。……学校を休んで、碧くんのところに行こうね」

私の気持ちをわかっているかのように背中を優しくなでてくれるお母さんにしがみつきながら、私はあおちゃんを想って泣きつづけた。

「ああ、菜摘ちゃん。きてくれたんだね」

あおちゃんの病室のドアをお母さんがノックすると、中からあおちゃんのお父さんが出てきた。

あおちゃんのお父さんは私のお母さんに軽く会釈(えしゃく)をして、私を見ると、

「碧に、会ってやってくれるか？」

と、にっこり微笑んでそう言った。

なんて言っていいのか戸惑ったけど、やっぱりあおちゃんに会いたいのは本当のことだから、私は無言でうなずく。

でも正直ね、怖かったんだ。目の前に突きつけられた現実を知るのが。

だけど、あおちゃんと一緒に闘うって、あおちゃんと一緒に生きるって、私はそう決めたから。

だから自分の中で決意を固めて、私はあおちゃんの病室に足を踏みいれた。

「……っ、あお、ちゃん」

……それなのに。なんで涙があふれてくるの。

さっき、お母さんの胸の中でさんざん泣いたのに、まだ私の中にある涙は枯れてはいなかったんだね。

変わりはててしまったあおちゃんの姿を見て平気でいられるほど、私は大人じゃなかったみたい。

私の瞳に映ったあおちゃんは大きな機器に囲まれていて、体にはたくさんのチューブ。

昨日まで元気に動いていた体は、動く気配すら見せない。

まだ15歳だった私はその現実を受け止められず、膝から

崩れおちるようにその場にしゃがみこんだ。
　それと同時に床に滴りおちた、無数のしずく。
　病気って、こんなにも恐ろしいものだったんだね……。
　今になってそれを知る私は、本当にバカだよね。
「ね……っ、あおちゃん……」
　私は必死であおちゃんに向かって手を伸ばした。
　その手が、あおちゃんの頬に少しだけ触れる。……あったかい。あおちゃんは、ちゃんと生きてる。
「ごめんね……っ」
　ひとりにしてごめんね。
　苦しかったよね、つらかったよね。
　きっと、私には想像できないくらい、もがいたんだよね。
　……本当にごめん。
　頼りにならない彼女で本当にごめんなさい。
　あおちゃんの温もりに触れた瞬間にあふれだしてきた、たくさんの謝罪の言葉。
　そして脳裏に思い出されたのは、昨日見たきみの笑顔。
"また明日"
　そう名残惜しそうに笑って私に背を向けたきみを見ながら、私はたしかに思ったんだ。
　また明日、会えるよね、って。
　……決して、あたりまえのことじゃなかったのに。
　あおちゃんと毎日会えることも、顔を見て話ができることも、一緒に隣を歩いて登下校をすることも。
　全部全部、あたりまえのことなんかじゃなかった。

ねぇ、あおちゃん。

あなたは私に"また明日"っていう言葉を言うとき、どんなことを思ってたのかな。

抱えた病気と必死に闘いながら、いつ発作が起きるかわからない恐怖と戦いながら。私との明日を、どんな気持ちで願ってくれていたのかな。

……あおちゃんの想いに私の想いを重ねたとき、胸の奥がとても苦しくなった。

そして、何度目かもわからない涙がまた私の頬を流れたんだ。

ビデオレター

　あおちゃんが意識を失ってしまってから、1週間がたった。
　いまだにあおちゃんの目が覚めることはない。
　主治医の先生が言うには、あおちゃんは"植物状態"らしい。
　……つまりそれは、あおちゃんが生死をさまよっているということで。
　もしかしたら意識が戻るかもしれないし、考えたくないけど、このまま死んじゃうってこともあるかもしれない。
「菜摘、そろそろ着替えなさいよー」
　いつものように目覚めた朝、なかなか下りてこない私を心配したお母さんが1階から大きな声で叫ぶ。
　私はそれに「はーい」と返事をしてクローゼットを開けると、いつものように制服を取りだし、慣れた手つきで着替える。
　ジャケットまでしっかり羽織ると、部屋にある全身鏡でおかしいところがないかチェック。リボンは、行事用の緑色のリボンをつけた。
　……にしても、制服がだいぶ小さくなったなあ。
　それもそうだよね。
　3年もたてば、私だって少しは大きくなる。制服が小さくなるってことは、それだけ私が大きくなってるっていう

ことなんだから。

　そんなことをふと思ってしんみりした気持ちに浸っていると、窓から入ってきた暖かな春風が私のスカートをひらりと揺らした。

　——なっちゃん。

　その風に乗せられたように、微かに大好きなきみの声が聞こえる。

　これももう、毎日のこと。

　……なのに、いまだに現実を受け止められていない私は、急いで窓ぎわに駆けより下をのぞいてしまうんだ。

　あおちゃんがいるはずがない。私を迎えにくるはずがない。だって今あおちゃんは病院にいるんだから。

　そう頭ではわかってるのに、やっぱり大好きなきみの姿を探してしまう。

　無意識の行動に、私はこんなにもあおちゃんのことが大好きだったんだって、今さらながら気づかされる。

「そろそろ出るわよー。早くしないと卒業式に遅れちゃうわ」

　あおちゃんへの想いを胸にギュッと抱きしめていると、ふたたびお母さんのせわしない声が聞こえた。

　……卒業式。

　前までは大人への一歩のように魅力的だったその響きが、今はなんだか切なくて。

　あおちゃんと過ごした中学校での３年間が私の頭の中をよぎる。

あおちゃんが倒れてから、約1週間。
　そっか。もう今日は卒業式なんだね。
　私はグッと涙を堪えながらあおちゃんのことを思い出し、そっと頬を緩めて、誰もいないはずの窓の下に向かって少しだけ微笑んだ。
　卒業式本番はとくに大きなハプニングも起こらず予定どおりに進み、今は教室で最後のクラス活動の時間。
　泣いている子もいれば笑っている子もいて、私もみんなに合わせて笑ってみたけど、きっとうまく笑えてなかったんじゃないかなって思う。
　それはなんでなんだろう。
　ここで過ごした3年間が楽しくなかったから？
　それとも、みんなのことがあまり好きじゃなかったから？
　……ううん、どれも違う。
　だって私はいつでも優しいみんなのことが大好きだったし、そんなみんなと過ごす毎日が楽しくて仕方なかったもん。
　私は誰も座っていない斜め前の席へそっと視線を向けた。
　そこは、ほかの誰でもないあおちゃんの席。
　……あおちゃん。
　私がきっと心から笑えないのはね、あおちゃんが私の隣にいないからだよ。
　今日の卒業証書授与式のとき、"高岡碧"ってあおちゃ

んの名前が呼ばれたんだ。

　なのに、あおちゃんの姿はそこにはなかった。

　卒業式の練習のときのように大きな声で返事をするあおちゃんも、堂々と卒業証書を受け取りにいくあおちゃんも。

　1週間前の予行練習のときにはあったあおちゃんの姿が、どこを探してもなくて。

　それを目の当たりにした私は、涙が止まらなくなったの。
「ええ、ではここで、みんなに見てもらいたいものがあります」

　授与式のことを思い出してまた泣きそうになった私の耳に、担任の先生のそんな声が届いた。

　……私たちに見てもらいたいもの？　なんだろう。

　不思議に思って先生に視線を移せば、先生は目を真っ赤にしながら寂しそうに微笑んでいた。
「今日、みんなのクラスメイトである高岡碧くんが卒業式にきていませんよね。実は先生、碧くんのお母さんからビデオを預かってます」

　さっきまでの静けさが嘘のように、一気に教室中がざわざわと騒がしくなった。

　もちろんそれは私も同じ。心の中がガヤガヤとうるさく音をたてる。

　……あおちゃんのお母さんから、ビデオ？
「このビデオをしっかりと見て、碧くんの想いを受け止めてあげてください」

　先生がかすれた声でそう言ったあと、教室はまた怖いく

らいの静寂に包まれる。
　先生はテレビの横に付いているボタンを1回押して、ビデオを再生させた。

『えっと……これ、ちゃんと映ってるのかなあ』
　その瞬間、テレビの画面に映ったのは、ほかの誰でもない。私の大好きな人。
　思いもしなかった展開に、私の頭がめちゃくちゃにかきみだされる。久しぶりに見たきみの顔に、じんわりと涙がにじむ。
『えっと、俺、こうしてひとりでビデオ撮るのは初めてだから、うまく撮れてるのかわからないけど……最後まで聞いてくれるとうれしいです』
　画面の中のあおちゃんは軽く頭を下げて、少し照れくさそうに笑った。
『まずは俺、みんなに謝らないといけないことがあります。俺は小さな頃から、心臓がうまく動かない病気でした。簡単にいえば、心臓病です。そして、俺はもうきっと長く生きることができません』
　あおちゃんのその告白に、教室にいた誰もが驚きに近い悲鳴を上げた。
『本当は、もっとみんなに早く言うべきだったんだと思う。だけどね、怖かったんだ。もし俺が病気だって知ったら、みんなはどう思うんだろうって』
　"本当にごめん"って謝るあおちゃんの姿が、とても小さ

く見えるのは私の気のせいなのかな。

『俺、バカだよね。みんながそんなことで俺から離れていくわけないのに。この島の人たちはとても温かくて優しくて、家族のように俺に接してくれて。俺が病気だからって偏見をもつ人なんていないってわかってたのに』

あおちゃんはそこまで話すと、悔しそうに唇を噛んだ。

『……わかってたのに、弱虫だった俺は結局最後まで言えなかった』

力なく笑うあおちゃんの姿に、痛いくらい胸が締めつけられる。

『でも、そろそろ言わなきゃと思ったから、母さんに協力してもらってこうしてビデオを撮っています。本当は卒業式に自分の口から言おうと思ってたんだけど、どうやらそれは無理なような気がしてるからさ。こんな形でごめんね』

うっすらと私の目に涙がこみ上げてくる。

……だって、わかっちゃったんだ。

あおちゃんの苦しみが、あおちゃんの感じていた恐怖が。

あおちゃんが、このタイミングでビデオレターをみんなに残した理由が。

全部全部、わかっちゃったの。

だってあおちゃんは、卒業式に自分の口から病気のことを告げるのは、無理そうだと言ったよね。

それって言いかえると、卒業式まで元気でいるのは無理かもしれないと自分でわかっていたってことじゃん。

でも、あおちゃんはいつも私に"大丈夫だよ"って、"俺

はずっと生きるよ"って、そう言ってくれてた。
　——なっちゃん、泣かないで。
　そのとき、ふとさみの言葉が私の頭の中をよぎる。
「……っ、く……っ、うぅ……っ」
　私の涙は止まることを知らない。
『でも俺、みんなと会えて本当によかった。大好きなみんなと毎日を過ごせて、本当によかった。こんなにも笑顔の絶えない３年間を過ごせたのは、きっとみんながそばにいたからだよ。本当にありがとう』
　あおちゃんの言葉のひとつひとつが、あまりにも優しくて。
　きみの精一杯のありがとうがつまったメッセージを聞きながら、私は思った。
　……ねぇ、あおちゃん。
　今さらだけどさ、私は本当にあなたの支えになれてたのかな。
　あおちゃんに、"私だけには弱さを見せてほしい"といつも言っていた私。
　それでも、あの海で初めてあおちゃんの本音を聞いたとき以来、まったく私に弱さを見せることなく、いつも力強く笑っていたあおちゃん。
　……それは、なんで？
　私が頼りないから？　私のことを信用できなかったから？
　そう聞けば、あおちゃんはきっとこう言うよね。

"なっちゃんを泣かせたくなかった"
"なっちゃんには、笑っててほしいから"

　誰よりも優しいきみはそう言って笑いながら、私の頭をそっとなでるんだ。

『——もしも、もしも俺の身に奇跡が起きて、またみんなと一緒に学校に通えるようになったら。そのときは今までのように仲良くしてください。最後に、俺は。優しい優しいみんなのことが大好きです』

　顔を上げてテレビに目を移せば、そこにはあおちゃんの泣き顔ではなく、私の大好きな笑顔があった。

　……ずっと、会いたかった。

　島の海のように優しいこの笑顔に、恋焦がれて。

　どうしようもなく、会いたかったの。

「……あ、おちゃ……っ」

　ごめんなさい。

　あおちゃんの優しさにばっかり甘えて、私はあおちゃんの気持ちをまったく理解できてなかった。

　あおちゃんが笑顔の裏で死の恐怖におびえてたことも、たくさんのことを考えて悩み苦しんでいたことも。

　気づいているつもりで、本当はぜんぜん気づいてあげられていなかった。

「……ご、めんね……っ」

　泣きじゃくる私をなだめるように、みんなの温かな手が私の背中をなでてくれる。

「碧はお前のことを責めたりしねぇよ。俺らは碧が病気だっ

てことを初めて知ってびっくりしてるけど、その様子だと、菜摘は病気のこと知ってたんだろ?」

その言葉に、私は小さく首を縦に振った。

「菜摘もつらかっただろ。……大好きな碧がそんな病気なんてさ。どんなにつらいときも俺らに言えなくて。でも、もう大丈夫だ。菜摘と碧、ふたりだけで闘おうなんて思わなくていい。これからは俺らもみんな、碧を全力で支えるから」

誰かが、私の頭を優しくなでた。

そのなで方はあおちゃんとは違うものだったけど、それでもなぜだかホッとして。

「大丈夫だよ、菜摘ちゃん」

顔を上げると、花鈴ちゃんが私を見て微笑んでいた。

花鈴ちゃんだけじゃない。

まわりを見渡してみれば、たくさんの仲間が私のそばにいた。

「……っ、う……っ」

胸の奥が苦しくて、言葉にならない思いがこみあげてくる。

なんて幸せなんだろう。

私のそばにいて、一緒に闘ってくれる人たちがこんなにもいる。あおちゃんのことが大好きな人が、こんなにもいる。

花鈴ちゃん、ありがとう。クラスメイトのみんな、ありがとう。

私は心の中で、言葉にならないたくさんのありがとうを叫びつづける。
　そして私は、自分の中である決断をした。
"もう絶対に涙は流さない"という決断を。
　悲しいときも、苦しいときも、つらいときも。私は泣かない。強くなる。
　あおちゃんの目が覚めたとき、あおちゃんが今度はちゃんと私を頼れるように。
　これまでに流した涙は、決して無駄なんかじゃない。
　私を強くするための、大切な涙だったんだ。
　あおちゃん、私はあなたと生きるために頑張るからね。
　今までたくさん私を笑顔にしてくれたぶん、今度は私があおちゃんを笑顔にしてみせるからね──。

祈りつづける毎日

 それから私は、毎日のようにあおちゃんの病院に通った。
 晴れの日も雨の日も、ずっとずっと。

 ——あの、卒業式の日。
 お母さんに手を引かれて連れてこられたのは、あおちゃんの病室の前。
 泣かないと自分の決意を固めてはみたけれど、やっぱり現実の恐怖と不安には勝てそうにない。
 だけど、それでも勝つんだ。勝たなきゃダメなんだ。
 いつまでもグズグズ泣いてるような弱虫な自分とは、もうさよならだよ。
 病室の前に立ち、小さく深呼吸してドアを開ける。
 中央にひとつぽつりとベッドがあって、その上に寝ている男の子。
『……あおちゃん』
 まわりにあるたくさんの機器にぶつからないように気をつけながら、私はあおちゃんのベッドのそばに歩みよった。
 私たちの横を、窓から入りこんだ暖かな春風が通りぬける。
『もう……本当にあおちゃんはバカだね。あんなビデオレターまで残して。あおちゃんのお母さんから聞いたよ？ あのビデオレター撮ったあと、少しだけあおちゃん、泣い

たんでしょ？』
　制服のスカートの裾が、風に乗ってひらりと踊った。
『まったく、もう。私の前で泣いてもよかったのに。そしたら抱きしめてあげたのに。なんて思うんだけどさ、私が弱かったからだよね。……あおちゃんが私にずっと笑ってくれていたのは』
　私はあおちゃんの頬にそっと触れる。
　そして、あおちゃんに笑いかけた。
『……本当に優しいね。あおちゃんは、誰よりも優しいよ』
　ねぇ、私の声はきみに聞こえてるかな。
　ちゃんと、届いてるかな。
『私はね、そんな優しいあおちゃんのことが、すごく大好きだよ』
　きみが見せてくれたたくさんの笑顔を思い出して、少しだけ泣いてしまいそうになった。
　だけど、慌てて涙を堪える。
『あおちゃん、私はずっと待ってるからね。だから今度目が覚めたときは、たくさんおしゃべりしようね』
　そう言って私は、とびっきりの笑顔をあおちゃんに向けた。
　そうすれば、あおちゃんが"なっちゃん"って目を覚ましてくれそうな気がしたから。
　私が笑うことであおちゃんを安心させることができるのなら、私は何度だってきみに笑顔を見せるよ。

卒業式の日から約２週間後、私は高校生になった。
「ねぇ、あおちゃん、見て？　これね、高校の制服なんだよ。可愛いでしょ？　あおちゃんも私の高校の制服を着たら、すごくカッコいいんだろうな」
　こうして意識のないあおちゃんに話しかけるのも、もういつものこと。
　でもね、あおちゃんの主治医の先生が言ってたんだ。
　話しかけつづけることが大切なんだよって。話しかけつづけることで、目を覚ました人もいるんだよって。
　だから私は、今日もこうしてあおちゃんに向かって話しつづけるの。
「今日、入学式だったんだ。この島は高校もひとつしかないからさ。島外の高校に進学した子たち以外は、みんないるんだよ。あ、そうだ。クラスの子たちがね、"碧は元気か"って心配してたよ？」
　何度も、何度も。
「本当、この島には温かい人が多いよね。大好きだなあ、この島の人たちみんな」
　あおちゃんが目を覚ます日まで、私は絶対あきらめないんだから。
「……だけどさ、やっぱり、私はあおちゃんの優しさが一番好き」
　……って、なに言ってるんだろう。
　自分で言ったことなのになんだか無性に恥ずかしくなった私は、あおちゃんから目をそらして控えめに笑った。

あおちゃんの優しさが、一番好き。
私のその言葉を耳にして、あおちゃんは今、なにを思ってるのかな。
そんなのあたりまえだよって、笑う？
それとも、"俺もなっちゃんが一番好きだよ"って、優しく抱きしめてくれる？
こうやってあおちゃんの笑顔や温もり、どんな反応をするのかなって想像してるとね、なんだかひとりじゃない気がするんだ。
まるで、あおちゃんがずっとそばにいて手を握ってくれてるように感じるの。
ふと病室の窓からのぞく空を見上げれば、雲ひとつなく真っ青に澄みきっていた。

「ねぇ、菜摘ー。今日も碧くんのお見舞い、行くんでしょ？」
扇風機の風がそよぐリビングで、お母さんが私に問いかける。
「うん、行くよー。もう出るの？」
ソファから立ち上がってテレビからお母さんへと視線を移した私は、そう答えた。
そしたらお母さんは1回だけうなずいて、
「そろそろ出かけましょう。あ、でも菜摘、今日は先に碧くんのところへ持っていくお花を選びにいこうね」
って、目尻を下げて微笑んだ。
5分ほど車に乗っていると、小さな頃からお世話になっ

ているおなじみの花屋さんの前に到着した。
「うわぁ、あっつい……」
　車から降りた瞬間に、灼熱の太陽が容赦なく照りつけている。
「もう7月だもんね。また夏の暑さがやってくるわね」
　お母さんが、ギラギラと燃えるような太陽を見上げながら、まぶしそうに目を細めた。
　7月。その言葉に私の胸がドクンと跳ねる。
　……そっか、もう7月なんだね。
　あおちゃんの笑顔に会えなくなって、3カ月半もたったんだね。
　少し切ない気持ちを抱きながら、花屋さんの中に入ると、顔なじみのおばあがとびきりの笑顔で私とお母さんを迎えてくれた。
「菜摘ちゃん、いらっしゃい。今日も碧くんのお見舞いのお花を買いにきたのかい？」
「そう、これからお母さんと一緒にあおちゃんの病院に行くからさ」
　私がお母さんを見ながら「ね？」って言うと、お母さんはおばあに軽く会釈をしながら私の髪の毛をサラリとなでた。
「気になる花はあるかい？」
　おばあのその言葉に、私は色とりどりの花が並ぶお店の中をぐるりと見渡す。
「……あ」

その中から私はある花に目がとまった。

私はその花に向かって一目散に駆けよる。

「……おやおや、菜摘ちゃん。青バラが気になるのかい?」

「青バラ……?」

「この、青いバラのことだよ。バラは赤やピンクだけじゃないからね」

「……私、これが気になる」

「たしかに、前に菜摘ちゃんが来てくれたときにはまだなかったもんねぇ。その青バラは、つい最近入荷したやつだよ」

おばあが思い出すように上を向き、そう教えてくれた。

……青バラ、かぁ。

数ある花の中で気になった、濃い青色のバラの花。

青いバラなんて初めて見た。

……だからなのだろうか。

この青いバラは、私の心を捕らえて離さない。

目を輝かせる私に、おばあが言う。

「たしか、青いバラの花言葉は"奇跡"だったかねぇ」

花言葉は、奇跡……?

私はおばあの顔を勢いよく見上げた。

「前はねぇ、"不可能"っていう花言葉だったんだよ。青いバラは、誰がどう頑張っても作れないと考えられていたから」

「そうなの?」

「でもねぇ、ある会社が青いバラを作ることに成功して

ねぇ。それから、ありえないと思っていたことも可能になるという意味で、"奇跡"という花言葉が付けたされたんだよ」
　おばあは優しく微笑むと、
「ちょっと待ってなさいね」
　そう言って、奥の部屋に姿を消した。
　なにもわからない私はお母さんを見て首をかしげるけど、お母さんも同じように首をかしげた。
「……はい、菜摘ちゃん」
　しばらく待っていると、小さななにかを握りしめたおばあが奥の部屋から戻ってきた。
　私は黙っておばあからそれを受けとる。
「わぁ、きれい……」
　それは、青いバラを押し花にした、小さなキーホルダーだった。
　この島の海のような透明に近い青色のガラスの中で輝く青いバラの花びらは、心なしかキラキラしているように見える。
「菜摘ちゃん」
　顔を上げれば、昔とまったく変わらないやわらかい笑みを浮かべたおばあがいて。
　私の頬にそっと触れると、おばあはゆっくりと目を閉じた。
「碧くんにも、奇跡が起きるといいねぇ……」
　そのひと言が、スゥーッと胸に染みわたる。
　……おばあも、願ってるんだね。

この島は小さな島だから、あおちゃんが入院して今も意識がないことは、きっと島の人全員が知ってる。
　私たちの高校にも、あおちゃんを少しでも支えようと、募金活動や応援メッセージを集める"チームあおい"という団体ができた。
　きっと、みんな同じ気持ちなんだ。
　あおちゃんの意識が戻りますように。どうか、あおちゃんが助かりますように。
　私が毎日願ってるように、この島のみんなも願ってるんだよね。
　閉じていたまぶたを上げたおばあは、涙を流しながらひと言つぶやいた。
「なんで……なんであんなに優しい子が、病魔に冒されないといけないのかねぇ……。世の中は、本当に不公平だよ……」
　おばあはとても悲しそうな顔をする。
「おばあが……おばあが、代わってやれたらいいのにねぇ……。こんなおばあが生きてたって、なんの役にも立たないだろうに……」
　そう言って涙を流すおばあを、私は思わずギュッと抱きしめた。
　そんなこと言わないでよ。おばあが生きてると、私はうれしい。おばあがいなくなるって思うと、私は悲しい。
「ねぇ、おばあ。あおちゃんはきっとね、もしも病気をおばあに代わってもらえるとしても、絶対にそんなことしな

いと思う」
「……そうかいね」
「だってあおちゃんは、おばあの言うとおり、優しい子だもん。この島の海のようにおっきな優しさをもった子だもん。そんなあおちゃんが、おばあに自分の病気を代わってもらおうなんて思うわけがない」
　……そうでしょ？　あおちゃん。
　あおちゃんはきっと、おばあの苦しんでる姿を見たくないよね。あおちゃんが見たいのは……。
「笑顔、だと思うんだ」
「ええ？」
「あおちゃんはね、"代わってやりたい"って泣くおばあより、笑ってるおばあを見たいって思ってると思う」
　そう。
　あおちゃんが見たいのは、おばあの笑ってる顔。
　この島に住む、たくさんの人の笑顔。
「だからさ、おばあ。笑ってよ。私も笑うから。いっぱい笑って、あおちゃんに元気を届けようよ」
　私はそう言って、おばあにとびきりの笑顔を向けた。
　そうしたら、私の笑顔を見たおばあも少しだけ笑ってくれて。
「菜摘ちゃん、大人になったねぇ。強く、なったねぇ……」
　おばあのしわしわの手が、私の頭を優しくなでる。
　お母さんを横目でチラッと見れば、お母さんは瞳に涙をためながら私を見てうれしそうに笑った。

おばあからもらった"奇跡"の花言葉をもつ青いバラのキーホルダーが、私の手のひらでキラキラと輝いていた。

きみと出逢えた奇跡

　——まだ私が幼い頃、誰かが言っていた気がする。
　あきらめたら、そこで終わりなんだよと。
　信じつづけていれば、きっと奇跡は起こるからと。
「ねぇ、お母さん。この服どう？　可愛い？」
「あら、どうしたの？　菜摘、そんなワンピースもってたかしら？」
「これね、クラスメイトがくれたんだ。その子、高校に入って背がグンと伸びたからもう着れなくなっちゃったんだって」
　ふわふわのシフォンワンピースの裾を両手で広げながら、お母さんを見上げると。
「すごく可愛いじゃない。よく似合ってるわ。碧くんもきっとよろこんでくれるわよ」
　お母さんは、そう言いながら目尻を下げて微笑んだ。
　今日も、これからお母さんとふたりであおちゃんの病院に行く予定。
　白いシフォンワンピースに合わせて選んだ淡いピンクのバッグには、あの日、花屋のおばあからもらった青バラのキーホルダーが揺れている。

　病院のエントランスをくぐると、看護師さんたちが笑顔であいさつをしてくれる。

何日も何日も、通いつづける私の顔をみんなが覚えてくれていた。
　病院だけど、みんなからアットホームな雰囲気を感じる。
　そう思いながらあおちゃんの病室へと歩いていると、ふとナースステーションのカレンダーに目がとまった。
「ねぇ、お母さん。今日って何日だっけ？」
「え？　今日は７月16日よ」
　お母さんが不思議そうな顔をする。
　私はそれに気づいたけど特になにも言わず、無言で７月16日を目線で探した。
　そして、あらためて実感するんだ。
　あおちゃんの笑顔に会えなくなって、もう４カ月もたったんだと。
「……寂しくなった？」
　私の表情が一瞬曇ったことに気づいたのかな。お母さんが悲しみを含んだ声でそう言った。
　でも私はその問いにうなずくことをせず、お母さんを見て笑う。
「ぜんぜん、寂しくなんてないよ」
　……嘘。本当は、寂しいくせに。
　笑顔のあおちゃんに会いたくて会いたくてたまらないくせに。
　……でもね、こうでもしないと、気持ちがあふれちゃいそうだから。
　少しでも"寂しい"と口にだしてしまえば、また泣いて

しまうから。
　甘えてばかりじゃ、弱いばかりじゃ、ダメなの。
　私は、強くなる。そのために私は笑うんだ。
　それにね？
　私が笑うことで、あおちゃんが目を覚ましてくれるような気がするから。
　——コンコン。
　お母さんが病室のドアをノックすると、中からあおちゃんのお母さんの可愛らしい声がする。
「あら、菜摘ちゃん！　いらっしゃい。碧も菜摘ちゃんのことを待ってるわよ」
　あおちゃんのお母さんは、私の顔を見てにこっと微笑んでくれる。
　そしてすぐに、私をあおちゃんのもとへと案内してくれた。
「ほら、碧。今日もあなたの大好きな彼女さんが会いにきてくれたわよ？」
　あおちゃんのお母さんが楽しそうに声を弾ませる。
「ああ、菜摘ちゃん。今日もきてくれたんだね。本当、こんなに可愛い彼女がいてくれて碧は幸せ者だなあ」
　あおちゃんのお母さんのあとから、あおちゃんのお父さんも姿を現した。
　あおちゃんのご両親の言葉で私の顔がだんだん火照ってくる。
　大好きな彼女。可愛い彼女。

その響きが、なんだか恥ずかしいようなうれしいような、なんともいえない気持ちになった。
「菜摘ちゃん。私、ちょっと碧のパパと菜摘ちゃんのママと花瓶のお水を換えてくるわね」
「え、水を換えるのはお前だけでいいんじゃないのか？」
「あなたは黙ってて！　まったく、女の子の気持ちがわからないんだから。……あ、菜摘ちゃん。もし、碧の様子に変化があったらすぐにナースコールしてね」
「……えっ、……あ、はい」
「まあ、すぐに戻ってこれると思うけど」
　あおちゃんのお母さんはそう言って、私を見て静かに微笑んだ。
　だから、私は顔を真っ赤にしながら慌ててコクンとうなずく。
　花瓶を抱えたあおちゃんのお母さんは、あおちゃんのお父さん、そして私のお母さんを連れて、病室から出ていった。
　きっと気を利かせてくれたんだと思う。
　今、この病室にはあおちゃんと私のふたりだけ。
　その状況に、なぜだかわからないけどドキドキしている自分がいる。
　……バカみたい。
　ふたりきりだからといって、前みたいに手をつないだりキスをしたりできるわけじゃないのに。
　でも、それでもドキドキしてしまうってことは、やっぱ

り私はあおちゃんのことが大好きなんだよね。
「あおちゃん、もうすぐ1時だよ。ほら見て？　今日もすっごくいい天気なんだから」
　私はいつものように笑顔であおちゃんに話しかけた。
「ちょっと外の風に触れてみる？　夏の風だから少し生暖かいけど、気持ちいいと思うよ」
　そう言って私は、少しだけ伸びたあおちゃんの髪の毛をサラッとなでると、窓ぎわに向かって足を進める。
　ロックされていた窓の鍵を解除して窓を開けると、爽やかな風がさらさらと病室の中に舞いこんだ。
「どう？　気持ちいいで——」
"気持ちいいでしょ？"
　そう聞きたかったのに、聞けなかった。……だって。
　窓を開けて振りむいた私の瞳に映ったのは、まぎれもなく。目を開けて不思議そうに私を見つめるあおちゃんの姿だったから。
「……っ、あお、ちゃん……？」
　いきなりのことに頭が真っ白になって、もうなにがどうなっているのか自分でもよくわからない。
　ただひとつだけわかるのは、きみが生きているということだけ。
「なっ、ちゃん……？」
　久しぶりに耳にしたあおちゃんの声に、どうしようもない涙がこみあげてくる。
　でも、絶対泣かないんだ。

今にもあふれてしまいそうな涙がこぼれないように、私は唇を噛みしめて上を向く。
そしてゆっくりとあおちゃんに近づくと、そっとあおちゃんの手を握って笑った。
「あおちゃん、会いたかったよ」
「……俺、もしかして意識失ってたの？」
「……うん」
「どのくらい……？」
「えっと、4カ月かな？ 今はもう7月だから」
私がそう言うと、あおちゃんは一瞬目を丸くしてから、ふっと微笑んだ。
「……だからか。なっちゃん、ものすごく髪の毛が伸びてるんだもん。またきれいになったね」
あおちゃんは照れたように私から目をそらす。
少しだけ声色が弱いこと以外は、今までずっと意識を失っていたとは思えないくらい、あおちゃんの様子は自然だった。
「ってことは、なっちゃん高校生になったんだね。なっちゃんの制服姿、見てみたいな」
「……また、見せてあげるよ」
あおちゃんが意識を失ってる間、制服で何度もここにきたんだよ。
だからあおちゃんは、私の制服姿をたくさん見てるはずなんだよ。……とは、言わなかった。
「……あ、今、お医者さんと看護師さんを呼ぶからね？

あおちゃんのお父さんとお母さんもすぐに呼ばなきゃ」

　突然のことで、あおちゃんとの会話に夢中になりすぎた。早くみんなに知らせないと。

　そう思った私は、あおちゃんの枕もとにあるナースコールのボタンを力いっぱい押した。

「……おい！　碧……っ！」

　ガラッと病室のドアが勢いよく開いて、慌てた様子で入ってきたのはあおちゃんのお父さんとお母さん。

　それに続くようにして、私のお母さんやお医者さん、看護師さんも慌ただしく姿を現した。

　お医者さんは私に向かって、

「ちょっと離れててくれるかな」

と真剣な面もちで言うと、すぐにあおちゃんの胸の音を近くにあった画面モニターを見ながらチェックしていく。

　可能性は低いと言われていたのに、あおちゃんは目を覚ました。

　私のもとに、帰ってきてくれた。

　……だからきっと、もう大丈夫だよね？

　そう思ったのに、顔を上げたお医者さんの顔はなぜかとても険しかった。とても、イヤな予感がした。

「碧くんのお父さん、お母さん。ちょっと病状を伝えたいので、隣の部屋にきていただけますか？」

　お医者さんはきっと、私やあおちゃんに聞こえないように小さな声で言ったつもりなんだろう。

　それでも、この静かな病室にはお医者さんの声がよく響

いた。
　だから、会話の内容は私にも聞こえていた。
　イヤな予感がだんだんと確信に変わっていく。
　あおちゃんのお父さんとお母さんに目を向けると、ふたりは一瞬困惑した表情を見せたけど、すぐに顔を見合わせてうなずいた。
　でも、そのとき。
「俺、海に行きたいな」
　この緊張感の漂う真剣な場面に似合わないような明るい声で、あおちゃんが言った。
「え……？」
　その場にいた誰もが不思議そうに首をかしげた。
「なっちゃんと海に行きたい」
　念を押すように、もう一度そう言ったあおちゃん。
　驚いてあおちゃんの顔を見れば、あおちゃんは私をまっすぐに見つめてやんわりと微笑んでいた。
「……菜摘ちゃんのお母さん。碧と菜摘ちゃんを、海に連れていってあげてくれないかしら」
　そのとき、それまで黙ってことの成り行きを見守っていたあおちゃんのお母さんが、私のお母さんに向かってそう言った。
　まさかあおちゃんのお母さんがそんなことを言うとは思ってもいなくて、私は目を大きく見開く。
「え、でも……碧くんが……」
　私のお母さんもそれは同じみたいで、とても困惑した表

情であおちゃんのお母さんを見た。
　そんな私のお母さんに、あおちゃんのお母さんは必死で頭を下げる。
「お願いします。私と主人が話を聞いている間だけでも、お願いします……」
「……え、だけど」
「どうか、お願いします。碧の願いを、叶えてやりたいの……」
　あおちゃんの主治医の先生とお母さんに向かって、もっと深く頭を下げたあおちゃんのお母さん。
　その体は、小さく震えているように見えた。
「……僕からも、頼みます」
　今にも崩れてしまいそうなあおちゃんのお母さんを支えるように腰に手を回し、深々と頭を下げたのはあおちゃんのお父さん。
「無理なことをお願いしてるのは、重々承知しています。もしこれで、碧の身になにか起こったらどうしようとも思っています。それでも……っ、私は碧の母だから……」
"母として、碧の願いを全部叶えてやりたいんです"
　あおちゃんのお母さんは、泣きながら言葉を吐きだした。
「……わかったわ。小さな頃から菜摘もたくさんお世話になったんだものね。なにかあったときの責任はとれないけれど、おふたりと碧くんが望むのなら、連れていくわ」
　その言葉に、私はお母さんの顔を勢いよく見上げる。
　……嘘でしょ？　またあおちゃんと海に行けるの？　心

の中に、小さな希望の光が生まれる。
「……医師としては止めるべきなのでしょう。しかし、両親と本人がご了承しているのであれば、少しだけですが外出を許可します。その代わり、なにか起きたときの責任はいっさい取れませんということを了承していただく同意書にサインをいただきますが、よろしいですか?」
　私のお母さんに続くように、お医者さんも言葉を発した。
「はい、ありがとうございます……」
　その言葉に、あおちゃんの両親は何度も何度も頭を下げる。
「……父さん、母さん、ありがとう。それに、先生もなっちゃんのお母さんも。そっか、俺、また海に行けるんだ」
　それを聞いていたあおちゃんは小さな声でつぶやくと、静かに目を閉じる。
　その拍子に、あおちゃんの瞳から一粒の雫が流れた。

　太陽が照りつける、7月の島の砂浜。
　よく目を凝らすと、遠くのほうで鳥が優雅に空を泳いでいるのが見えた。
　私は車から降りたあと、ぐーっと背伸びをする。
　病院から車で約5分のところにある砂浜。
　目の前には、真っ白な砂浜と地平線の彼方まで広がる真っ青な海が広がっていた。
　あおちゃんは車椅子に乗っていて、砂浜の上には行けない。病院から車椅子ごと乗れる特別な車を借りて、ここま

で来た。
　あおちゃんが近づけるのは砂浜の手前まで。
　だけど、あおちゃんも、しっかりと潮風を感じてくれているみたい。
　だって私の隣にいるあおちゃんは、とても気持ちよさそうな顔をしてるんだもん。
　そっとうしろを振りむくと、お母さんが私とあおちゃんを少し離れた場所から見守ってくれていた。
　それに安心した私は、またあおちゃんへと視線を移す。
　——ドキッ。
　この島の海を眺めているあおちゃんの表情はとても優しくて、胸が大きく高鳴る。
　この顔、好きだなあ。そんなことを思っていると、
「俺、安心したよ」
　って、あおちゃんが私のほうを見て笑った。
　なにに安心したんだろう？
　あおちゃんの言いたいことがわからなくて首をかしげると、あおちゃんは腕を伸ばして私の頬に触れた。
「なっちゃんが笑ってたから、安心したよ」
「……え？」
「俺が目を覚ましてから、なっちゃん、1回も泣いてないでしょ？　俺のために泣きたいのを我慢してくれてるのかもしれないけどさ、すごくうれしい」
　まるでシャボン玉に触れるかのように、あおちゃんは私の頬を優しくなでる。

そして、
「俺はなっちゃんの泣いてる顔より、笑ってる顔のほうが好きだから」
　そう言って、にこっと笑った。
「なっちゃん、俺と付き合いはじめてから泣いてばっかりだったでしょ？　だから俺、内心すごく心配だったんだ」
「……そうだね、すごく泣いてたかも」
「本当だよ。なっちゃん、本当によく泣いてた」
　目の前にいたあおちゃんが笑いながら、でも少しだけ寂しそうな顔をした。
「だからね、もしかしたら、俺がなっちゃんの笑顔を奪っちゃったんじゃないかって思ってた。俺がそばにいることは、なっちゃんを苦しめてるだけじゃないかとも思った」
「そんなこと……っ」
「わかってるよ。なっちゃんが同情なんかで一緒にいてくれてるんじゃないってことも、ちゃんと俺を想って愛してくれてるってことも。ちゃんと知ってる、痛いほどわかってる」
「……っ」
「でも、怖かった。やっぱり、怖くて怖くて仕方なかった。なっちゃんの笑顔が消えてしまうことが、なにより不安だったんだ」
　あおちゃんは全身で潮風を感じるかのように、目を閉じて大きく深呼吸をした。
　そして次の瞬間、この島の海のように澄んだ瞳が私を捕

らえる。
「だけどね、笑顔のなっちゃんにもう一度会うことができて、今すごくうれしいんだ」
　……うっかり、泣いてしまいそうになった。
　だって、あおちゃんが真っ白な歯をのぞかせて、心の底からうれしそうな笑顔を見せたから。
「なっちゃん、俺のことを好きになってくれてありがとう。ずっとそばにいてくれて、ありがとう」
「……それは、私が言う言葉だよ」
"ありがとう"を伝えなきゃいけないのは、きみじゃなくて私のほう。
　だって、大切なことを教えてくれたのはあおちゃんだもん。
　私はあおちゃんから数えきれないくらいたくさんのものをもらったの。
　きみの優しさも温もりも笑顔も、そのすべてが大好きだよ。
　ねぇ、あおちゃん。
　こんなにも広い世界の中で——。
「私と出逢ってくれて、私を見つけてくれて。本当にありがとう」
　私はあおちゃんを見て笑った。
　なんだか無性にあおちゃんを抱きしめたくなった私は、車椅子の横からあおちゃんの体を抱きしめる。
　きみの香りが私の鼻をくすぐって、愛しい気持ちがこみ

上げてくる。
「……好き」
　あふれるきみへの想い。
　あおちゃんが好き、大好き。好きを通りこして、胸が苦しいの。
　このあおちゃんの温もりを、絶対に失いたくない。
　……できることなら、大声で泣いちゃいたいのに。泣けたら、楽なのに。
　私はひとり、心の中で叫ぶ。きみに決して知られてはならない思いを。
　どうしようもなくつらくて、泣きたくてたまらなくて。
　そんな私の背中に優しくまわされたのは、あおちゃんの両腕。
「俺も好き」
　切なくささやくその言葉に胸がうずく。
「私のほうが大好きだもん」
「いや、なっちゃんより俺のほうが大好きだよ」
「……私だって、負けてないし」
　ふたりでバカみたいに"大好き"と言いあって、こうしてギュッと抱きしめあって。
　幸せだなあと思う。
　生きてることに、あおちゃんのそばにいられることに、ふたりで笑いあえることに。
　こんなにも幸せを感じたのは、今日が初めてかもしれない。
「ねぇ……なっちゃん。聞こえる？」

幸せに浸ってそっと頬を緩めた私の耳もとで、ささやくようにあおちゃんが言った。
「……なにが？」
「波の音。この波の音を聞いてるとね、生きてるなって、思わない？」
　この台詞、どこかで。
「……っ」
　そこで、やっと気がついた。
　このやりとりは、私たちが初めて出逢った日のやりとりだということに。
　だけどあえてなにも言わずに、あおちゃんを抱きしめたまま目を閉じる。
　脳裏に鮮明によみがえる、この島のコバルトブルーの海。
　見たこともないくらい真っ白な砂浜。
　海水に透ける、色とりどりの貝殻。
　その海を背に約束を交わす、幼いあの日のふたり――。
"ずっと、一緒にいようね"
　あれから、もう12年。
　だけどこの海が奏でる波音は、なにも変わらない。
　……ほら。
　あの頃と同じような、優しい音がした。
　そう、私たちが初めて出逢ったときのような優しい波音が。
　大きく成長した私たちを、ふわっと包みこんだの。
「また、なっちゃんと海に行きたいな……」

閉じていた目を開けてあおちゃんの顔をのぞきこむと、どことなく寂しそうに微笑むあおちゃん。
　私が見たいのはそんな顔じゃない。あおちゃんの笑顔が見たい。
「……何度だって、連れていくよ」
「え？」
「今日が最後じゃない。明日でも明後日でも、10年後でも。あおちゃんが行きたいって言うんだったら、私が連れていってあげる」
　私はあおちゃんの彼女なの。あおちゃんは私の大切な人なの。
　だから、あおちゃんが望むことは私が全部叶えてあげる。
　あおちゃんのお母さんが言っていたように、大切な人の願いは全部全部叶えてあげたいから。
　私はそんな想いをこめて、あおちゃんの唇に自分の唇を重ねようとまぶたを伏せた。
　──だけど。
　私の唇に触れたのは、温かいあおちゃんの唇ではなかった。
「ヒュー、ヒュー……」
　この、独特の呼吸音。
　今でもまとわりつくように耳に残ってるから、はっきりとわかる。
「あおちゃん!?」
　私はすぐに目を開けて、口もとに触れていたあおちゃん

のおでこを上げさせる。
「あ、碧くん!? ちょっと待ってね、すぐに救急車を呼ぶからね……っ！」
　血相を変えて慌てて駆けよってきたお母さんが、ものすごい速さで携帯を操っていた。
「……ヒュー……な、ちゃ……っ」
　自分の胸を押さえながら、必死に私の名前を呼ぶあおちゃん。
　その顔は、呼吸ができない苦しさにゆがんでいた。
「な、ちゃ……っ。大、丈夫だよね……？」
「……え？」
「俺が、いなくなっても……っ、ヒュー……、大丈夫、だよね……っ？」
　なにを言うのかと思ったら。
　まるで自分はもう死ぬんだとわかっているような言葉を吐くあおちゃんに、涙がこみあげてきた。
　……ううん、ダメだよ。ここで泣いたら絶対にダメ。
　あおちゃんが言ってくれたじゃん。
　"なっちゃんの笑ってる顔が好き"って。
　だったら私は笑わなきゃ。どんなに苦しくても、つらくても。
　だけど、"あおちゃんがいなくても大丈夫だよ"なんて私には言えない。
　そのかわりに私は、必死に笑顔をつくった。
　大丈夫、大丈夫だからね。私はちゃんと、きみのそばで

笑っているよ。そう心の中で想いながら笑いかけていたら、あおちゃんと目が合った。
「なっちゃんが、笑ってる……。ねぇ、なっちゃん……。ヒュー……っ、ずっと……笑ってて、くれる……っ？」
「……っ、あおちゃんが言ったんでしょ……？　笑顔のなっちゃんが好き、って。だから私は、笑うよ……っ」
　信じたくないけど、このままなにも言えずにさよならを迎えるくらいなら。
「ねぇ……っ、あおちゃん。好き……っ」
　私は、ありったけの想いをあますことなくすべてきみに伝えたい。
　そして、大好きなきみの瞳に。
　少しでも、1秒でも長く、私の笑顔を残したい。
「あおちゃん……っ、大好きだよ……」
「俺も、な、っちゃ……が、好き、だよ……っ」
　苦しみにもがくなかで、あおちゃんが少しだけ笑ってくれた。
　遠くで、救急車のサイレンの音が聞こえる。
　その音がどんどん大きくなっていくのと同時に、私の胸になんとも言えない気持ちが広がった。
「ありがとう……っ」
　ただひと言、あふれでた言葉はありがとう。

　あおちゃんと出逢えたことで、私のこれまでの人生は誰よりも幸せなものだった。

誰かを愛しく思う気持ちも、守りたいと思う気持ちも。
　すべて、きみが教えてくれた。
"ありがとう"
　苦しそうな呼吸を繰り返すきみに、私は何度も叫びつづける。
　そしてきみに届くように、笑いつづけた。
「碧……っ」
　少ししてから砂浜にたどりついた救急車。
　その中から、救急隊員とあおちゃんの両親が慌てて出てきた。
　あおちゃんの両親の顔は、今にも倒れてしまいそうなくらい真っ青で。
「病院に搬送します！　ご両親は救急車に一緒にお乗りください。この女の子のお母さま、お車はおもちですか？」
「はい……！」
「では、我々のあとに続いて病院まできてください」
　救急隊員は切羽詰まった声でそう言うと、すぐにあおちゃんを担架に乗せて救急車に乗りこんだ。
　あおちゃんとすれ違う瞬間、一瞬だけあおちゃんと目が合って、その口もとが私になにかを伝えようと動く。
「……っ」
　……胸が苦しくて苦しくて、壊れてしまいそうになった。
「菜摘……！　あなたも早く病院に行くわよ。車に乗りなさい！」
　もう少しで涙があふれでそうになったとき、お母さんの

大きな声が聞こえて、私はハッと我に返る。
　病院へ向かう車の中は、終始静寂に包まれていた。

さよならを、きみに

　まだ私たちが幼かったある夏の日。
『ねぇ、なっちゃん』
『ん？　なあに？』
『人ってね、死んだらどこに行くんだろうね？』
　コクッと首をかしげながら、あおちゃんが不思議そうに問う。
『え？……んー、なつにもわからないなぁ』
『そっか……』
『あ、でもさ、お母さんが言ってた気がする。この島の子はみーんな、死んだら海に旅立つんだって』
『海……？』
『そう、海！』
　お母さんが言ってたことを思い出したなつは、それをあおちゃんに伝えてあげる。
　そしたらあおちゃんは、なぜだかわからないけどとてもうれしそうな顔になった。
『海かあ。じゃあ僕は、ずっとなっちゃんのことを見ていられるね』
『……？』
『ははっ、なっちゃん、意味がわからないって顔してる』
　そう言って、あおちゃんはなつをバカにするように笑う

けどさ。
　……だって、本当にわからないんだもん。どういう意味なの？
　なつがあおちゃんをジーッと見つめると、あおちゃんはあどけなく笑った。
『だってね、僕が死んだら海になるってことでしょ？　これから先、もしかしたら僕となっちゃんがお別れしなきゃいけないときがくるかもしれない』
『……ん』
『でもさ、僕が海になれば、たとえなっちゃんから僕の姿は見えなくても、僕はずっとなっちゃんを見守ることができる。なっちゃんが泣きそうなとき海にきたら、僕がいっぱい照らしてあげるよ、元気をあげるよ』
　そう得意気に言って、また笑ったあおちゃん。
　なつと同じ歳なのに、すごく大人な考えをもってるあおちゃんを心から尊敬する。
　なつはあおちゃんを見ると、無邪気に笑った。
『じゃあ、なつも安心だね』って。
『あおちゃんが海になるんだったら、なつが海に行けばいいんだよね。寂しいときもうれしいときも。そしたら、毎日あおちゃんに会えるんでしょ？』
『ははっ、そうだね！　じゃあ、もし僕がなっちゃんとさよならをしなくちゃいけないときがきたら、僕はこの島の海になるよ』
　ささやかな波音と緩やかな風が泳ぐこの砂浜の上。

"ふたりだけの約束だよ"

　そう言って、小さなふたりはお互いに笑いながら、小指と小指を絡めたんだよね。

───────

　──つみ……。
　──な……つみ……。
　真っ黒に染まった闇の中を歩いていたとき、ふと私の名前を呼ぶ誰かの声が聞こえる。
　──菜摘……。
　まぶたを開ければ、真っ白な天井を背景に、心配そうなお母さんの顔が私の視界に飛びこんでくる。
「な、つみ…………？」
「お、母さん……？　ここはどこ？」
「病院よ。よかった……っ。あなた、碧くんの姿を見てから……」
　そこまで言ってから、お母さんは悲しそうに視線を下げ両手で顔を覆った。
　……ああ、そっか。
　私はさっきまでの出来事をすべて思い出した。
「会、いたい……」
「菜摘……？」
「あおちゃんに、もう一度でいいから会いたいよ……」
　自分の口からポツリとこぼれた言葉は、自分でも驚くほど弱々しくて。

あれからどれだけ時間がたっているのかわからないけど、会えるのなら私は会いたい。
　大好きなきみに会いたいんだ。
「……歩ける？」
　そのとき、近くからそんな声が聞こえてきた。
　私のお母さんの声じゃない。そしてお父さんの声でもない。
　ベッドから重たい体を起こして、まわりを見渡せば、私のお母さんのうしろから目を真っ赤に腫らしたあおちゃんのお母さんが姿を現した。
　そして私を見るなり、そっと微笑む。
「菜摘ちゃんが大丈夫なら、一緒に碧のところに行こうか……？」
　私はその言葉にゴクリと生唾を飲みこみ、一度だけコクンとうなずいた。
　真っ白なドアの前に立った私は、自分を落ちつかせるように何度も何度も深呼吸を繰り返す。
「ねぇ、菜摘。あなた本当に……」
　お母さんが震える腕で私の肩をつかんだ。
　でも私はなにも言わずに、ただ首を横に振る。
「だって……っ、さっきもそれで、倒れたじゃない……っ。あなた、大丈夫って、言ったのに……」
　だんだんと涙声に変わるお母さんの声。あたりまえだよね。たしかにさっきも、私は言った。
　あおちゃんに会う前、"大丈夫だよ"って笑った。

だけど、倒れて意識まで手放してしまったんだもん。
お母さんからしたらきっと怖かったよね。
わが子が目の前で倒れたことが。
……でもね。
たくさん心配かけてるんだろうなとわかってるけど、私は受け止めなきゃいけないの。
ここで逃げてしまえば、これから一生この事実を受けいれられない気がしたから。
「……では」
お医者さんがそう言って、目を伏せながら重いドアを開いた。
私は一歩一歩、ぽつんと真ん中にあるベッドに横たわっている影に向かって足を進める。
そのシルエットが大きくなっていくとともに、私の脳裏にはきみと過ごした楽しかった日々がよみがえった。
「……あおちゃん」
いくら呼んでも、その呼びかけに返事をしてくれるきみはもういない。
"なっちゃん"って無邪気に笑ってくれるきみはもういない。
この静寂に飲みこまれてしまいそうで怖くなった私は、あおちゃんの手を握った。
……でも、握ったその手は、まるで凍ったように冷たくて。
……やっぱり、いないんだ。

いつものようにあったかい手で私を抱きしめてくれるあおちゃんも、私の頬をなでてくれるあおちゃんも。
　もうここにはいなくて、二度と会えなくなってしまったんだね。
　どうか嘘であってほしいと願ってたけど、あおちゃんのあまりの手の冷たさに認めざるをえなくなった。
　……ダメだ、涙があふれでちゃいそう。
　泣かないって、決めたのに。
　私は右腕で1回ゴシゴシと目もとをこする。
　でもそのとき、お母さんが言った。
「……泣いてもいいのよ。泣くのは悪いことなんかじゃない。大切な人が亡くなって涙が出てくるのは、あたりまえのことなんだから」
　そう、とっても優しい笑顔で。
　……なんで、なんで。そんなに優しいことを言うの。そんなこと言われたらさ……。
「泣い、ちゃうじゃん……っ」
　我慢の限界を超えた私の瞳から、涙がとめどなく流れた。
　そして、私は思うんだ。
　ああ、自分はずっと泣きたかったんだなって。
　強がってはみたものの、堪えてはみたものの。心の奥底の本当の自分は、不安で不安で仕方なかったんだなって。
「う……っ、ふぅ……っく」
　でも、よかった。
　あおちゃんの前では涙を堪えきった。

大好きなきみに、最後の最後まで私の笑顔を見せることができて本当によかった。

だからもう、いいよね……？

思いっきり泣いても、大丈夫だよね……？

「……っく、うわぁぁぁぁん……っ、うぅ……っ」

冷たくなった手を握りしめ、大好きなきみの顔を見ながら私は泣いた。

まるで小さな子どもに戻ったかのように、何度も何度も声を上げて叫びつづけた。

好き、大好きだよ。

あおちゃんがずっとずっと、私のすべてだった。決しておおげさじゃなく、あおちゃんがそばにいたから私はここまで頑張れた。

あの海辺で、あおちゃんが最期に私にくれた言葉。

"なっちゃん、愛してる"

この言葉は、きみからの最期の贈り物。

一生、私の中で消えることはないと思う。

永遠に輝く、心の中の大切な宝物だよ。

「あお、ちゃ……っ」

今まで、よく頑張ったね。

つらいときも苦しいときも、どんなときでも。笑顔でいてくれて、ありがとう。

そして、これだけは忘れないで？

私もあおちゃんのことを愛してるから。

あおちゃんに負けないくらい、これからもあなたのこと

を愛しつづけるから。
　――約束だよ。
　私はそう誓って、もう温もりの消えてしまったきみの唇に、そっと優しいキスを落としたんだ――。

最終章

碧音

◊

波の音を聞くたびに
思い出すのはきみのこと。
たくさんのものをくれたきみに
私はなにができるのかな。

夏色の約束

　——鼻をすする音が微かに聞こえる中で、私は閉じていた瞳をゆっくりと開けた。

　目の前には、泣いてる子や目を伏せてなにかを考えている子、そして、私から目をそらすことなく真剣に話を聞いてくれている子がいた。

　胸の奥がジンとするのを感じながらも、私は話を続ける。
「彼は今から5年前の今日、大切な家族に見守られながら亡くなりました。16年という、私たちからすれば短い時間でしたが、きっと彼はそれを悔やんではいないと思います」

　私はね、あおちゃんじゃないからあおちゃんの本当の気持ちはわからない。

　笑顔の裏であおちゃんがどんな気持ちを抱いていたのかもわからない。

　……だけどね、これだけは言えるんだ。
「だって彼は、心臓病という病と闘いながら16年も生きたんだから。彼にとって"16年"という年月は、決して短いものじゃない」

　彼にとって、あおちゃんにとっての"16年間"はね。
「死に物狂いで生きた、とても長い年月なんです。必死に生きた、大切な時間なんです」

　みんなはわかるかな。

　あおちゃんが生きた16年間が、どれほどつらく苦しいも

のだったのか。

　この16年間、あおちゃんがどれだけ泣き、どれだけ生きたいと願ったのか。

「考えてみてください。もし今あなたが、ここで命の終わりを告げられたら。明日死ぬ、あと１カ月、あと半年の命だと言われたら。あなたはどうしますか？」

　私の切実なその問いかけに、みんなが下を向く。

「こうして考えてみると、一分一秒がとても大切に思えてきませんか？　私たちが何気なく過ごしている毎日も、その大切な一分一秒が積み重なってできたものなんです。昨日どこかで天国へ旅立った誰かが生きたかった、明日なんです」

　そうだよね、あおちゃん？

　私たちが過ごしてる一日一日は、奇跡の結晶なんだよね。

　昨日があるから今日があって、今日があるから明日がある。

「だから、毎日をもっと大切にしてください。この一瞬を無駄にすることのないよう、精一杯生きてください」

　私がえらそうに言えることではないかもしれないけれど、でも、それでも。

「これが、彼が私に一生をかけて教えてくれたことであり、私があなたたちに伝えたかったことです」

　私には、どうしても伝えたい思いがある。

　あおちゃんとの約束を叶えるために、伝えなきゃいけないことがある。

そのためだったら、うとまれようが見下されようが、バカにされようがかまわない。

私はこの身が朽ちるまで、きみの生きた証を後世に伝えつづけるよ。

「これで、私の講演を終わります」

私は一礼してから堂々と前を向いた。

体育館中に鳴りひびく大きな拍手が、ステージに立つ私を包みこむ。

ステージから見えるみんなの表情はとても凛々しくて、晴れやかで。

ああ、講演をしてよかったなって、うれしくなった。

私は少し頬を緩めると、もう一度だけ深々と礼をして、ステージ下へと続く階段を下りる。

体育館の窓から入りこむ島の風が、とても気持ちよかった。

——サァ……サササァ……。

海辺にそっとたたずむ私の耳に、爽やかで優しい波の音が聞こえる。

きみが私の前からいなくなってもう5年。

この5年間は、私にとってとても苦しいものだった。

「……菜摘ちゃん？」

5年間の月日を振り返ろうと砂浜にそっと腰を下ろしたとき、どことなく懐かしい声がした。

でも私が振りむくより先に、その声の主は私の隣にゆっ

くりと腰を下ろす。
「やっぱり。ここにくれば、菜摘ちゃんに会えるような気がしたの。……久しぶりね」
　そしてその人……あおちゃんのお母さんは、私を見てふわりと微笑んだ。
　その目尻にはくっきりとしわが刻まれていて、ときの流れを感じる。
「……お久しぶりです」
　私もあおちゃんのお母さんに向かって軽く会釈をした。
　そして、
「なかなかお家にうかがえなくてごめんなさい。今日、結衣ちゃんにも言われました。"なっちゃんが家にきてくれない"って。本当にすみません」
　と、今度は深く頭を下げる。
　……でも。
「いいのよ、菜摘ちゃん。菜摘ちゃんが一生懸命学業を頑張っていることはわかってるから。だからどうか、顔を上げて？」
　あおちゃんのお母さんは、優しくそう言ってくれた。
　そして私と目線を合わせると、もう一度にこっと笑ってくれる。
「それに、今年も講演会のために高校に行ってくれたんでしょ？」
「……え、なんで」
「結衣が教えてくれたわ。"今日、なっちゃんが碧お兄ちゃ

んのお話をしにきてくれるの"って。あの子、とってもうれしそうにしてた」
「あ……」
「高校１年生の子に話をするんだから、高３の結衣がその話を聞けるわけじゃないのにね。それでも、菜摘ちゃんの気持ちと続けてくれていることが、結衣にとってはうれしいんでしょうね」

　お昼に見た結衣ちゃんの笑顔と泣き顔が頭の中に浮かぶ。
　……ふと、泣きたくなった。
「……あおちゃんのお母さん」
　今すぐにでもあふれてしまいそうな涙を必死に堪えながら、私はあおちゃんのお母さんを見る。
「あの日。……今から５年前のあの日。私とあおちゃんを海へ行かせたことを、悔やんでますか……？」
　ずっと、聞きたくて聞きたくて仕方なかったこと。だけど怖くて、聞けなかったこと。
　あおちゃんのお母さんは目を大きく見開いたあと、わかりやすく瞳を揺らした。
「……あおちゃんが亡くなってから、たくさん泣きました。今まで色鮮やかに見えていたまわりのものや景色が、あおちゃんがいなくなったとたん、モノクロにしか見えなくなったんです」
　あおちゃんがいなくなったあと、私は何度も何度も涙を流した。声が枯れるくらい、わめき続けた。

絶対泣かないなんて、そんなことできるはずがなかったんだ。
　だって、大切な人が亡くなるんだよ？　大好きな人がいなくなるんだよ？
　愛している人と……もう二度と、手をつないだりキスをすることもできなくなるんだよ？
　これほどつらくて苦しいことってあるのかな。
「苦しくて苦しくて、あおちゃんのいない世界は息をするのもつらくて。あのときの私は、自分だけがこんな思いをしてるんだって思ってました」
　5年前。まだ16歳だった私は、今よりもっと幼くて、考え方だって子どもで。
　私だけがつらい思いをしてるんだって、そう思ってたの。
　……だけど。
「……だけどそれは、私の思い違いでした。あのとき一番つらくて苦しい思いをしていたのは、ほかの誰でもなく、あおちゃんのお父さんやお母さん、そして結衣ちゃんだったのに」
「……っ」
「21歳になって、私は心も体もあの頃より大人になりました。……そして今、ふと思うんです」
　そう言って、私は一度、あおちゃんのお母さんから目をそらし、視線をキラキラきらめく海へと向けた。
「もしあのとき、私とあおちゃんが海に出かけてなかったら。私が海に行くことを止めてたら。あおちゃんは、今も

生きてたんじゃないかって」

 幼い頃は、早く大人になりたかった。

 ひとりでなんでもできる大人に、すごく憧れていた。

 私はまた、あおちゃんのお母さんに視線を戻す。

 あおちゃんのお母さんは、とてもつらそうな顔をしていた。

「怖い、んです……」

 あれだけなりたいと願っていたのに、今は自分が大人になってしまったことがとても怖い。

 だって、自分が大きくなるたびに、こうしてひとつずつ大人になるたびに。

 あのときの自分の行動が本当に正解だったのか、疑ってしまうから。

「大人になんて、なりたくなかった。すごく怖い……。私は、あおちゃんの生きる時間を削っちゃっただけなのかなって。……ううん、あおちゃんだけじゃない。あおちゃんの家族の人生も、私が全部、壊しちゃったんじゃないか、って……っ」

 今まで冷静に振るまっていたのに、もうそれすらもできないみたい。

 私の瞳からは、ぽろぽろとたくさんの雫がこぼれだした。

 そしてその雫は頬を伝い、真っ白な砂浜にあとを作っていく。

「……大丈夫よ、菜摘ちゃん。大丈夫」

 そのとき、ふわっとした心地よい風が吹いて、やわらか

な温もりが私の体を包みこんだ。
　……え？　突然の出来事に、一瞬、私のまわりを刻む時間が止まったような気がした。
　私を抱きしめているのは、あおちゃんのお母さん。
「……私も、同じことを聞くわ。菜摘ちゃんはあの日、碧と一緒に海に行ったことを後悔してる？」
「……私は、してません。だってあの日、あおちゃんが亡くなる直前まで。大好きなあおちゃんと一緒にいることができたんです。"ありがとう"って、"大好き"って、伝えることができたんです。だから……っ」
"後悔はしてません"
　震える声で、私ははっきりそう言いきった。
　あおちゃんのお母さんは私から体を離して、やんわりと微笑む。
「私も、菜摘ちゃんと同じ気持ちよ？　碧もきっと、最後の最後まで菜摘ちゃんと一緒にいることができてよかったと思ってる。だってあの子、小さな頃からずっと菜摘ちゃんだけを見てたから」
「……あお、ちゃん」
「大好きな息子の、一番の願いを叶えてあげられたんだもん。親としてこれほど幸せなことはないわ」
　そう言って、静かに海を見つめるあおちゃんのお母さんの眼差しはとても優しくて。
　母親の強さというものを、私はここで目の当たりにした。

それからしばらくあおちゃんのお母さんと話をして、今日の夕方６時にあおちゃんの家におじゃまする約束をした。
　そして今、私はひとりきりで穏やかに揺れる海を眺めている。
「……あ、そうだ」
　寄せては返す波を見ているうちに、私はあることを思い出した。
「手紙、読まなきゃ。えっと……たしか、ここに入れたはず……あ、あった」
　カバンをごそごそとあさると中からミニファイルを探し、大切に挟まれている１通の封筒を取りだした。
　この手紙はあおちゃんが亡くなった次の日、あおちゃんのお母さんがくれたもの。
　あおちゃんの机の引き出しに
【俺がもし死んだら、この手紙をなっちゃんに渡してください】
　というメッセージとともに入っていたらしい。
　手紙をもらった日に開いてから、毎年命日にも読むようにしている。
　だから今回が、６回目になるのかな。
　私はひとつ深呼吸をすると、あおちゃんが綴った文字に目を通しはじめた。

最初で最後のラブレター

　＊なっちゃんへ＊
この手紙は、俺からなっちゃんへ送る
最初で最後のラブレターです。
もしかしたらのことを考えて、
俺なりになっちゃんのことを想いながら
一生懸命書いています。
……なっちゃんにこの手紙が渡って、
今なっちゃんがこの手紙を読んでいる。
ということは、
俺はもうなっちゃんの隣にはいないんだね。
ごめんね、なっちゃん。
なっちゃんと交わした約束、
なにひとつ叶えられなくて。
ずっと一緒にいるってそう誓ったのに、
一緒にいられなくなって。
本当にごめん。
だけどね、なっちゃん。
俺はごめんよりも、なっちゃんに
たくさんのありがとうを伝えたいんだ。
出逢ってくれてありがとう。
好きになってくれてありがとう。
そばにいてくれてありがとう。

そして、こんな俺を見捨てることなく
最後の最後までずっと、
愛してくれてありがとう。
なっちゃんには、
このくらいじゃ足りないくらい
本当に感謝してるんだよ。
俺ね、小さい頃からずっと、
口には出さなかったけど
思ってたことがあるんだ。
……なんで神様は、俺をこんな体で
この世界に送りだしたんだろうって。
運動できないし、
走るとすぐに息が苦しくなるから。
スポーツや体育、ドッジボール。
みんなが楽しそうにしていることが、
俺には満足にできなくて。
病気の体を恨んで、
わざと自分を傷つけたこともある。
こんな病気になったのは
母さんのせいだって、
母さんにひどいことを言って
責めたこともある。
──でもね、なっちゃん。
俺はなっちゃんと出逢って、
この病気の体をちょっとだけ

好きになれたんだよ。
だってね、俺が病気じゃなかったら、
きっとなっちゃんと出逢えてなかったから。
このきれいで暖かい島にくることも、
たくさんの人の優しさに触れることも。
きっと、なかったと思う。
だから神様にも感謝しないとね。

……じゃあ、寂しいけど、
そろそろ手紙も終わりにしなきゃ。
最後に、なっちゃん。
俺はなっちゃんが大好き。
なっちゃんのこと、心から愛してる。
なっちゃんと過ごした毎日は、
俺にとってとても大切な宝物だよ。
そんな大切で大好きななっちゃんの幸せを、
俺は心の底から願ってるから。
……幸せになりなよ、
なんて言うのはとてもつらいけど。
なっちゃんを幸せにするのは、
絶対に俺がよかったけど。
もしもなっちゃんに好きだと思える人が
できたときは、……そのときは。
俺のこと、忘れてください。
でもその代わり、来世では絶対に

またなっちゃんのことを見つけるからね？
今度はなっちゃんを手放すつもりはないから
覚悟しといてね。
……いつかまた、
なっちゃんと会えるといいな。
その日まで、少しの間さよならだね。
なっちゃん、本当にありがとう。
　　　　　＊あおい＊

P.S.最後まで俺と一緒に生きてくれてありがとう

きみと生きる明日

 あおちゃんからの手紙を読み終えた私は、その場でそっと目を閉じる。
 そしてこの海を流れる潮風に身を任せ、心の中であおちゃんに話しかけた。
 ……ねぇ、あおちゃん。
 あおちゃんがこの世界からいなくなって、もう5年がたったんだよ。
 信じられないでしょ？
 私だって、もう21歳なんだ。
 ってことは、あおちゃんも生きていたら今21歳のはずだよね？
 ……ああ、会いたいなぁ。21歳のあおちゃんに。
 背も伸びて、肩幅も広くなって、……きっとものすごくカッコいいんだろうね。
 あ、そういえばさ。今日も高校に行ってきたよ。
 あおちゃんと交わした"約束"を叶えるために。
 あおちゃんは覚えてるかな？
 あの花火大会の日に、きみが私に言ったこと。
 ——俺は将来、命の大切さを伝えられる人になりたい。
 ——なっちゃん。もし俺が命の大切さを伝える役目を担うときがきたら、一緒にステージに立ってくれる？
 私はね、今でもこの言葉を覚えてるんだ。

そしてあおちゃんが亡くなってから、ずっと考えてた。

私がきみのためにできることはなんだろうって。

今までたくさんの愛情と優しさを注いでくれたきみに、私はなにができるのかなって。

そんなときに思い出したのが、花火大会の日に交わしたきみとの約束だったんだ。

あおちゃんは自分の経験を生かして、命の大切さを伝える人になりたいと言ったよね。

きっと、病気になった自分にしかできないことがあるからと。

……でも、もうあおちゃん自身がそれを叶えることはできない。

だったら私が伝えよう。

あおちゃんが自分の口で、自分の言葉で伝えることができないのなら。

その頑張りをそばで見守ってた私が、苦しみながらも一生懸命生きているあおちゃんの姿を見てた私が。

あおちゃんに代わって"命の大切さ"を伝えればいいんだ。

だから私は、毎年こうしてステージに立つの。

きみとの約束を、形にするために。

だってそれが私の今の生きる意味であり、あおちゃんと交わした夏の日の約束だから。

……きみと生きた日々、きみがこの世界で生きた証だから。

「あおちゃん……」
　私はゆっくりと閉じていたまぶたを上げ、目の前に広がる壮大な海を見つめる。
　今日は、もうひとつきみに報告があるんだ。
「私ね、来年、この島にまた帰ってこれるんだよ」
　あおちゃんのいる海に向かって、私は笑う。
「高校を卒業してから、島外の専門学校に通って、勉強頑張ってたでしょ？……少し前に就職試験の結果が出てね、この島で就職が決まったんだ」
　そう、私は高校を卒業して島外の専門学校に通うことに決め、その道を歩きつづけた。今はもう３年生で、１カ月前に就職試験を受けて内定をもらったばかり。
　あおちゃんと過ごしたこの島を出て、専門学校へ通う。
　……その結論にたどりつくまでに、私はたくさん悩んだしたくさん苦しんだ。
　あおちゃんが亡くなってすぐには、その先の未来がまったく見えなくて。
　自分の将来が、思うように描けなかった。
　……でもね。
「島波医大病院だよ、私の就職先」
　私には、夢ができた。
「私は看護師になりたい。たくさんの子どもたちを支えて、笑顔や希望を与えられる。そんな看護師になりたいんだ」
　こんな私に夢ができたの。絶対に叶えたいと思える、大切な夢が。

あおちゃんのように病気と闘っている子どもたちの心を支えたい。

つらくて苦しい治療で笑顔を失ってしまった子どもたちの笑顔を取りもどしたい。

私が看護師になることで、何人の子どもたちの助けになるかは自分でもわからないけど。

ひとりでも私のことを必要としてくれる人がいるのなら、私は頑張りたいの。
「まあ、診療科がいっぱいある中の小児科で働くには、希望を出してそれに通らなきゃだめなんだけどね。2月にある国家試験にも合格しなきゃいけないし」

島波医大病院は大きな病院で診療科も多いから、希望どおり小児系の科で働けるかはわからないけど。……いつかは、絶対小児科で働きたいと思ってる。
「あと、もう少しだね。私たちがまたここで一緒にいられるようになるまで」

そうこぼれた声が、自分が思っていたより小さくて弱くて。

高校生の頃、つらいときや泣きたいときはいつもここにきていた。

そしたら、あおちゃんが私と一緒に泣いてくれて、そのあとは私の心に光をくれて。なんだか元気になれるような気がしていた。

……でも、専門学校に入学してからはなかなか思うように島には帰れなくて、とても寂しかった。だけど、それも

もうあと少し。半年と少しの辛抱(しんぼう)。
「……楽しみだなあ。またあおちゃんと過ごしたこの島に帰ってこられるの。あおちゃんも、楽しみにしててくれる？」

ぽつりとつぶやくと、遠くのほうでカラスの鳴く声が聞こえた。

頭の中に、大好きなきみの無邪気で優しい笑顔が浮かぶ。
「……あと少し。会えない不安や寂しさなんかに負けないんだから。次にこの島に帰ってくる頃には、立派な看護師になってるから」

そう強く宣言しながらその場に立ちあがると、砂浜の砂がお尻からパラパラと落ちる。

その砂がすべて落ちきる前に自分の手で砂を払うと、私はまっすぐ前を向いた。

海はもう濃い茜色に染まっていて、地平線の向こう側に真っ赤な夕日がゆっくりと沈んでゆく。
「だからあおちゃん、あともう少しだけ遠距離恋愛になるけど……それまで、待っててね」

私はそう言って、もう一度だけ大きく息を吸う。

そして——。

「あおちゃん、大好きだよ」

海に向かってありったけの思いを叫ぶと、私は思いっきり笑った。

あおちゃんは、私の笑顔が大好きだ。

だから私が笑うと、あおちゃんもきっと笑ってくれる。

……そうだよね、あおちゃん？
　──なっちゃん。
　……ほら。
　私の笑顔にこたえるように、波の音にまぎれて微かに聞こえた大好きなきみの声。
　きみのように優しく吹く風が、"頑張れ"とでも言うように、私の背中を押してくれていた──。

書き下ろし番外編

たったひとり、きみを愛した奇跡

　じわり、じわりと命が削られていく。
　信じたくはないけど、このままだと俺の命がもう長くはもたないことはわかっていた。
　だからあの日、俺は海に行きたいと言った。
　このまま病院のベッドで数日後に訪れるかもしれない最期を待つより、俺は大好きななっちゃんと、大切な場所に行きたかった。
　母さんに無理を言ってしまったことは理解していた。俺のわがままだということも、ちゃんとわかっていた。
　……でも、それでもね。
　俺はなっちゃんの彼氏だから。なっちゃんの恋人だから。ふたりで一緒にいたいと思った。
　たとえこれが最後の瞬間になったとしても、今日で命の終わりを迎えてしまったとしても。俺は後悔しない。そんな生き方をしたい。
　母さんはそんな俺の気持ちをわかってくれたのだろう。
　父さんと一緒になっちゃんのお母さんとお医者さんに頭を下げてくれて、俺はもう一度なっちゃんと過ごした思い出いっぱいの海辺に行けることになった。

　ふたりで海を眺めているとき、胸が息苦しくなるのを感じてね、俺は自分の最期を感じとったんだ。

……だけど、なっちゃんとキスがしたい。
　この命が消えてしまうのは、大好きなきみの唇に触れてからがいい。
　そう思って、ずっとずっと心臓の痛みを堪えてなっちゃんの隣にいた。
　そして俺たちの唇が触れる直前。……俺の体は、どうやら耐えきれなくなったみたい。
　息ができなくなるほど心臓が苦しく締めつけられて、看護師さんに教えてもらった呼吸の仕方をしてみるけど、まったく楽にならない。
　自分の脈や心臓の動きが不定期で、ああ、これがやっぱり最期かとぼんやりする頭の中で思う。
『な、ちゃ……っ。大、丈夫だよね……？』
『俺が、いなくなっても……っ、ヒュー……、大丈夫、だよね……っ？』
　呼吸がままならないなか必死に喉から絞りだす言葉も、ちゃんとなっちゃんに伝わっているのかわからない。
　だけど、なっちゃんは笑った。
　俺を見つめて、一生懸命笑っていた。
　その笑顔を見て、一瞬でわかる。
　きっとなっちゃんは、泣きたい気持ちを懸命に堪えて、俺のために笑ってくれているんだろうなって。
"大丈夫だよ"と言葉にはしないものの、なっちゃんは俺に笑顔で伝えようとしてくれている。
　わかってしまったから、よけいになっちゃんが愛しく

なった。

　……俺はいつも大切な人を泣かせてばかりだ。

　大切な人を泣かせて、不安にさせて、笑顔を守ることすらできやしない。だけど、今はその大切な人が懸命に笑ってくれている。

　嘘でもいい。作り笑いでもいい。……なっちゃんが俺のために笑顔を見せようとしてくれている。それがなによりも、うれしかったんだ。

　——なっちゃん、愛してる。

　目の前の景色が薄れてゆく中、俺の最後の力を振りしぼって放った言葉は、ちゃんときみに届いたのかな。

　苦しくて必死にもがく。だけどもがいてもその苦しみは消えてはくれない。……そろそろ、もがくのも疲れてきた。

　なっちゃんと、とうとうさよならの時間なんだね。

　そう思いながら俺は、なっちゃんと過ごした日々を思う。

　——なっちゃん。

　俺ときみが初めて出逢ったのは、たしか4歳のときだったね。

　今でもちゃんと覚えてる。

　ふたりで肩を並べて、この島の波音に耳をすませたことを。

　あのときの俺たちはまだまだ今より小さくて、なにをするにも親の手が必要だった。

　だけど、なっちゃんと笑いあったり、バカをしあったり、

ときには喧嘩をしたり。そんな毎日を繰り返しながら、俺たちはここまで大きくなれた。
　一緒に手を取りあって、隣を歩いて、ずっとそばで成長してきたよね。
　なっちゃんが彼女になってくれたときのことは、今でも忘れてません。
　というか、これから先も忘れないと思う。
　ふだんは温厚ななっちゃんが初めてあんなに泣いて、怒って、……俺がたくさんひどいことを言ったのに、それでもなっちゃんはそばにいてくれた。
　そのときだけじゃなく、俺の命が終わるこのときまで、ずっとそばにいてくれた。
　どれだけ俺がうれしかったか、なっちゃんは知ってる？
"あおちゃんがいるだけで、私は何倍も強くなれるから"って、そう言ってくれたこと。
　死の恐怖におびえていた俺を、光のある場所へと救い出してくれたこと。
　なっちゃんには言葉で伝えていなかったけど、心の底から本当に感謝してるんだ。
　俺は小さな頃から、たくさんのことをあきらめてきた。スポーツも遊びも、みんなと同じようなことができなかった。
　でも、なっちゃんのことはあきらめたくない。
　心臓の病気だからとあきらめざるをえなかったなっちゃんへの恋。

泣かせて、傷つけて、不安にさせて。大好きななっちゃんにそんな思いをさせるくらいなら、傷つくのは自分だけでいい。本気でそう思って自暴自棄になっていた俺に、なっちゃんは光をくれた。幸せをくれた。

　……なっちゃんを幸せにできないかもしれないと、そう、きみに伝えた14歳の春。あれは俺の本心だった。

　だけどなっちゃんは、言ってくれた。

　私だけが幸せなんて、本当の幸せじゃない。あおちゃんがいない幸せなら私はいらない、ふたりで幸せになろう、と。

　きみがそう言ってくれたこと、すごくうれしかったんだよ。

　なっちゃんは俺にはもったいないくらいの女の子。

　きっとこれからたくさんの恋が、たくさんの素敵な人が、なっちゃんを待っていると思うんだ。

　幸せな恋も、つらい恋も。なっちゃんには未来がある。だから、なっちゃんがほかの誰かと恋に落ちることもあるだろう。

　なっちゃんはそんなことないって怒るんだろうけど、でも俺にはわかる。

　でも直接伝えるなんてことはどうしてもできなかったから、手紙に思いをこめた。

"俺のこと、忘れてください"

　本心じゃないようにみえて本心。なっちゃんはとっても素敵な女の子だから、幸せになってほしい。

先にこの世界から旅立ってしまう俺を追いかけるより、なっちゃんには人を愛し、人に愛されるよろこびを知ってほしい。
　いつか幸せな家庭をもって、優しいお母さんになって。
　そんな未来を、つかんでほしい。
　俺がこんなこと願えるのも、なっちゃんが誰よりも優しくて思いやりのある女の子だからだよ。
　俺は誰よりもなっちゃんを愛している、だからこそ幸せになってほしい。
　なっちゃんを幸せにできるのが俺じゃないことはすごく悔しいけどね、なっちゃんが今まで俺に注いでくれた愛があるから、俺は大丈夫。
　だから、ちゃんとこの島の海から、なっちゃんの背中を押すよ。
　……ねぇ、なっちゃん。
　本当に大好き。なっちゃんのことが、心から愛しい。
　きみと交わした約束はなにひとつ叶えられなかったけど、きみをこの世界に残していかなきゃならないこと、とても不甲斐なく感じるけど。
　俺はずっと、なっちゃんをそばで見守ってるから。
　今までと同じように、なっちゃんがきれいな大人の女性になっていく様子を、ちゃんと見守ってる。
　だからなっちゃん、たまには俺に会いにきてよ。
　俺は、なっちゃんと過ごしたこの島でいつでも待ってるから。

「──菜摘」

　本当に意識が途絶える直前。まわりに誰がいて、どんな状態だったのかはわからないけど。

　俺は必死になっちゃんの名前を呼んでいた。

　菜摘、と、きみの前では決して呼ぶことのできなかった名前を。

　……この名前を呼ぶときには、ふたりで結婚式を挙げている予定だったのにな。

　そう思うとやっぱり少し悔しいけど、きみの幸せを願っていることには変わりないからさ。

　ほら、なっちゃん。笑ってよ。笑って、大好きなかわいい笑顔を俺に見せてよ。

　もうもちあげることすら難しいまぶたの裏に、なっちゃんを思いうかべる。

『あおちゃん、大好きだよ』

　まぶたの裏側にいた誰よりも大切で愛しいきみが。優しく笑いながら、俺を抱きしめてくれたような気がした──。

END

あとがき

こんにちは、逢優です。この度は4冊目となる書籍、『夏色の約束。～きみと生きた日々～』をご購入いただきまして、ありがとうございました。

さて、この物語の主人公は碧と菜摘のふたりです。この書籍を手にとってくださった皆様は、私の処女作、『てのひらを、ぎゅっと。』を知ってくださっているでしょうか。実は処女作の主人公も余命宣告をされ、病気を患っていました。

その時のメイン視点は亡くなってしまう女の子でしたが、では残された人はどんな気持ちで、どんな想いで、これからをどうして生きていくのか。大切な人がいなくなった世界を、どんな風に歩いていくのか。そんなことを考えたのが、この作品を書いたきっかけです。

私情を挟みますと、私の将来の夢もこの書籍に出てくる菜摘と同じ、小児科の看護師になることです。
もうすぐ看護学生3年目を迎えようとしていますが、講義の中で、ある先生がおっしゃった一言が今でも私の胸に残っています。

「もちろん病気になった本人もつらい。けれどそれ以上につらいのは、この世界に残された家族や恋人、子供だよ」

　この作品を読み直し手を加えていく中で、私はずっとこの言葉を思い出していました。大切な人がいなくなったあとの世界。それをどう生きるのか。
菜摘の出した答えが、少しでも多くの方々の勇気になればと思っております。

　最後になりましたが、前々作同様的確なアドバイスをくださった担当編集の相川さま、スターツ出版の皆さま、そして私を応援してくださっている皆さま。本当にありがとうございました。

2018年3月　逢優

この物語はフィクションです。
実在の人物、団体等とは一切関係がありません。

逢優先生への
ファンレターのあて先

〒104-0031

東京都中央区京橋1-3-1

八重洲口大栄ビル7F

スターツ出版(株)書籍編集部 気付

逢優先生

KEITAI
SHOUSETSU
BUNKO
SINCE 2009

夏色の約束。〜きみと生きた日々〜
2018年3月25日　初版第1刷発行

著　者	逢優
	©Ayu 2018
発行人	松島滋
デザイン	カバー　平林亜紀（micro fish）
	フォーマット　黒門ビリー&フラミンゴスタジオ
ＤＴＰ	久保田祐子
編　集	相川有希子
	ミケハラ編集室
発行所	スターツ出版株式会社
	〒104-0031 東京都中央区京橋1-3-1　八重洲口大栄ビル7F
	TEL 販売部03-6202-0386（ご注文等に関するお問い合わせ）
	http://starts-pub.jp/
印刷所	共同印刷株式会社

Printed in Japan

乱丁・落丁などの不良品はお取替えいたします。上記販売部までお問い合わせください。
本書を無断で複写することは、著作権法により禁じられています。
定価はカバーに記載されています。

ISBN 978-4-8137-0426-3　C0193

ケータイ小説文庫　2018年3月発売

『1日10分、俺とハグをしよう』Ena（エナ）・著

高2の千紗は彼氏が女の子と手を繋いでいるところを見てしまい、自分から別れを告げた。そんな時、学校一のプレイボーイ・泉から"ハグ友"になろうと提案される。元カレのことを忘れたくて思わずオッケーした千紗だけど、毎日のハグに嫌でもドキドキが止まらない。しかも、ただの女好きだと思っていた泉はなんだか千紗に優しくて…。

ISBN978-4-8137-0423-2
定価：本体 560 円＋税

ピンクレーベル

『キミを好きになんて、なるはずない。』天瀬（あませ）ふゆ・著

イケメンな俺様・都生に秘密を握られ、「彼女になれ」と命令された高1の未希。言われるがまま都生と付き合う未希だけど、実は都生の友人で同じクラスの朔に想いを寄せていた。ところが、次第に都生に惹かれていく未希。そんなある日、朔が動き出し…。3人の恋の行方にドキドキが止まらない！

ISBN978-4-8137-0424-9
定価：本体 590 円＋税

ピンクレーベル

『君の消えた青空にも、いつかきっと銀の雨。』岩長咲耶（いわながさくや）・著

奏の高校には『雨の日に相合傘で校門を通ったふたりは結ばれる』というジンクスがある。クラスメイトの凱斗にずっと片想いしていた奏は、凱斗に相合傘に誘われることを夢見ていた。だが、ある女生徒の自殺の後、凱斗から「お前とは付き合えない」と告げられる。凱斗は辛い秘密を抱えていて…？

ISBN978-4-8137-0425-6
定価：本体 560 円＋税

ブルーレーベル

『キミが死ぬまで、あと5日』西羽咲花月（にしわざきかつき）・著

高2のイズミの同級生が謎の死を遂げる。その原因が、学生を中心に流行っている人気の呟きサイトから拡散されてきた動画にあることを友人のリナから聞き、イズミたちは動画に隠された秘密を探りはじめる。だけど、高校生たちは次々と死んでいき…。イズミたちは死の連鎖を止められるのか！？

ISBN978-4-8137-0427-0
定価：本体 580 円＋税

ブラックレーベル

ケータイ小説文庫　好評の既刊

『いつかすべてを忘れても、きみだけはずっと消えないで。』逢優・著

中3の心咲が違和感を感じ病院に行くと、診断結果は約1年後にはすべての記憶をなくしてしまい、原因不明の記憶障害だった。心咲は悲しみながらも大好きな彼氏の瑠希に打ち明けるが、支える覚悟がないとフラれてしまう。心咲は心を閉ざし、高校ではひとりで過ごすが、優しい春斗に出会って…?

ISBN978-4-8137-0306-8
定価:本体540円+税

ブルーレーベル

『Snow Love』逢優・著

自分をかばった母親を事故で亡くした陽乃は、母親の命日に自責の念にかられ、ひとりで家を飛び出す。そこで出会ったのが、同じ高校の先輩、優妃だった。彼の優しさに触れ惹かれていくが、優妃には留学中の彼女がいて…。彼、母親、家族、友だちとのあたたかい絆を描いた、感動作!

ISBN978-4-8137-0022-7
定価:本体580円+税

ブルーレーベル

『てのひらを、ぎゅっと。』逢優・著

中3の心優は、光希と幸せな日々を過ごしていたが、突然、病に襲われ、余命3ヶ月と宣告されてしまう。光希の幸せを思い、好きな人ができたと嘘をつき別れ、病と闘い続ける心優だが…。命の大切さを教えてくれる涙の感動作!　第8回ケータイ小説大賞優秀賞、他2賞に輝いたトリプル受賞作。

ISBN978-4-88381-848-8
定価:本体560円+税

ブルーレーベル

『あの雨の日、きみの想いに涙した。』永良サチ・著

高2の由希は、女子にモテるけれど誰にも本気にならないと有名。孤独な心の行き場を求めて、荒んだ日々を送っていた。そんな由希の生活は、夏月と出会い、少しずつ変わりはじめる。由希の凍てついた心は、彼女と近づくことで温もりを取り戻していくけれど、夏月も、ある秘密を抱えていて…。

ISBN978-4-8137-0405-8
定価:本体590円+税

ブルーレーベル

ケータイ小説文庫　2018 年 4 月発売

『愛は溺死レベル』＊あいら＊・著

癒し系で純粋な杏は、高校で芸能人級にカッコいい生徒会長・悠牙に出会う。悠牙はモテるけど彼女を作らないことで有名。しかし、杏は悠牙にいきなりキスされ、「俺の彼女になって」と言われる。なぜか杏だけを溺愛する悠牙に杏は戸惑うけど、思いがけない優しさに惹かれていく。じつは、杏が忘れている過去があって!?　胸キュン尽くしの溺死級ラブ!!
ISBN978-4-8137-0440-9
予価：本体 500 円＋税

ピンクレーベル

『暴走族くんと、同居はじめました。』Hoku＊・著

母親を亡くした高 2 の七彩は不良が大嫌い。なのにヤンキーだらけの学校に転入し、暴走族の総長・飛鳥に目をつけられてしまう。しかも、住み込みバイトの居候先は飛鳥の家。「俺のもんになれよ」。いつも偉そうで暴走族の飛鳥なんて大嫌いのはずが…!?　暴走族とのドッキドキのラブストーリー！
ISBN978-4-8137-0441-6
予価：本体 500 円＋税

ピンクレーベル

『四つ葉のクローバーを君へ。』白いゆき・著

高 1 の未央は、姉・唯を好きな颯太に片思い中。やがて、未央は転校生の仁と距離を縮めていくが、何かと邪魔をしてくる唯。そして、不仲な両親。すべてが嫌になった未央は家を出る。その後、唯と仁の秘密を知り…。さまざまな困難を乗り越えていく主人公を描いた、残酷で切ない青春ラブストーリー。
ISBN978-4-8137-0443-0
予価：本体 500 円＋税

ブルーレーベル

『傷だらけの天使へ最愛のキスを』涙鳴・著

高 1 の美羽は、母の死後、父の暴力に耐えながら生きていた。父と温かい家族に戻りたいと願うが、「必要ない」と言われてしまう。絶望の淵にいた美羽を救うかのように現れたのは、高 3 の棗（なつめ）。居場所を失った美羽を家に置き、優しく接する棗だが、彼に残された時間は短くて…。感動のラストに涙!
ISBN978-4-8137-0442-3
予価：本体 500 円＋税

ブルーレーベル

書店店頭にご希望の本がない場合は、
書店にてご注文いただけます。